Tom Weber

Charons Barke

Novelle

Bibliografische Information der Deutschen Nationalbibliothek:

Die Deutsche Nationalbibliothek verzeichnet diese Publikation in der Deutschen Nationalbibliografie; detaillierte bibliografische Daten sind im Internet über http://dnb.dnb.de abrufbar.

© 2018 Tom Weber
Umschlaggestaltung: Egle Lipeikaite/Shutterstock.com
Herstellung und Verlag:
BoD – Books on Demand, Norderstedt

ISBN: 978-3-7460-2956-6

„[...] denn der Mann lebte von diesem Austausch. Und so erzählte er dem Hibiskus von seinem letzten Konzert: [...]"

Für A.

Kapitel 1

Ich hasse es, mit dem Bus zu reisen. Obwohl, nein, das ist natürlich übertrieben. Ich fahre gerne mit dem Bus, wenn nicht viele Leute mitfahren. Dann genieße ich meine zwei Sitzplätze, höre Musik und verwandle den leeren Blick aus dem schmutzigen Busfenster zum Beginn der Reise meiner Gedanken. Ich kann es nicht mit Sicherheit sagen, ob andere Menschen das auch tun, aber ich bin mir ziemlich sicher. Die meisten sind Träumer und selbst Teenager, denen man ja besonders heute oft vorwirft, total dem Materialismus verfallen zu sein, habe ich schon oft dabei beobachten können, wie sie den Blick zum Busfenster hinaus auf etwas anderes, etwas Höheres gerichtet haben. Es ist diese kleine Alltagsphilosophie, die uns im 21. Jahrhundert übriggeblieben ist. Es scheint, dass die Zeit der großen Ideale vorbei ist.

Gott ist tot, der Kommunismus hat versagt, der Faschismus hat sich selbst zerfleischt und unsere liberale Demokratie steckt fest in einem Hamsterrad der Uneinigkeit. Der moderne Mensch lebt heute in einer Zeit, in der alles berechenbar ist und alles einen monetären Wert hat. Unsere Arbeit muss uns nicht mehr unbedingt Spaß bereiten, sondern der Wirtschaft von möglichst großem Nutzen sein. Kinder sind heute Investitionen in die Zukunft und mit allerhand Statistiken und Psychologie sollen sie schon möglichst früh zu einem effizienten Produkt geformt werden. Alles ist zu einem einzigen, riesigen Wettbewerb mutiert, der sich Leben nennt, bei dem niemand weiß, was der Preis ist, aber jeder weiß, dass er gewinnen will.

Für Träume ist in dieser Welt kein Platz. Träume haben keinen Wert, mit ihnen macht man kein Geld. Man muss sich praktisch schämen, wenn man sich heute vor seinen Freunden als Träumer outet. Im besten Fall erntet man verständnislose Blicke, im schlimmsten Mitleid, einen zur Seite geneigten Kopf und einen allgemeinen Gesichtsausdruck, den man sonst nur einem Kind zumutet, das gerade verkündet hat, Superman werden zu wollen, wenn es einmal groß ist. Doch ich bin überzeugt, dass wir mehr sind als Netflixabonnenten und Büroarbeiter. Unser Vermächtnis werden keine Formeln, Gleichungen oder Statistiken sein. Das wahre Erbe der Menschheit sind seine Geschichten, seine Kunst, in welcher Form auch immer, und vor allem die Gefühle, aus denen sie entstanden sind. Gefühle, die sich nicht in einem Emoji zusammenfassen lassen oder in einem Tweet von nicht einmal 140 Zeichen. Der Blick aus dem Busfenster mag alles sein, was vielen geblieben ist, aber ich glaube nicht, dass es dabei bleiben muss. Wir alle sind zu einem gewissen Grad Künstler und anstatt das Leben als einen Wettbewerb zu sehen, wäre es eine Überlegung wert, es als ein großes, kollektives Kunstwerk zu betrachten. Wir alle könnten daran mitwirken, wir könnten schreiben, malen oder auch vertonen und gemeinsam unsere Spuren hinterlassen. Natürlich hat all dies nichts mit der Realität zu tun, dessen bin ich mir sehr wohl bewusst. Es ist ein Blick aus dem Busfenster.

Diesen Bus, in dem ich gerade sitze, hasse ich jedoch wirklich. Er ist vollgepackt mit verschwitzten Touristen und einem Ehepaar, das sich wohl spontan dazu entschieden hat, sich gleich hier im Bus scheiden zu lassen. Irgendwie verstehe ich es ja schon, dass viele junge Menschen es heute vorziehen, nicht zu heiraten. Immerhin gab es wohl selten so viele Scheidungen wie in unserer Zeit und diejenigen, die verheiratet bleiben, scheinen oft sehnsüchtig auf die Scheidung durch den Tod zu warten, die ihnen während der Hochzeit versprochen wurde. Auch die Institution Heirat scheint ein Opfer des großen Wettbewerbs geworden zu sein. Um als erfolgreich durchzugehen, reicht es nämlich nicht aus, einer Arbeit nachzugehen, auch eine Beziehung gehört dazu. Wenn man mit Anfang 30 noch Single ist, muss man irgendeinen grundlegenden Charakterfehler haben und wird gerne mal Opfer einer dann fast schon krankhaften Kupplungswut seiner Freunde. Ist man in einer Beziehung, hat man es jedoch vergleichsweise nicht wirklich besser. Der soziale Druck ist groß und aus einer Freundin oder einem Freund sollte möglichst schnell zumindest eine eingetragene Lebenspartnerschaft werden. Jedes Baby ist eine Trophäe und die anschließende Trennung mit dem dazugehörigen Streit um das Sorgerecht gehört schon praktisch zum sozialen Aufstieg dazu.

Wo bleibt auch noch die Zeit für eine richtige Beziehung zwischen der Karriere und den eigenen Hobbys? Wer kann es sich noch leisten, eine Person wirklich kennenzulernen, einander zuzuhören und manchmal vielleicht sogar zusammen zu träumen? Die oft geführte Diskussion, ob es sich um Freundschaft oder ein bisschen mehr handelt, ist doch eigentlich komplett überflüssig. Meines Erachtens nach besitzen Freunde immer die besten Voraussetzungen für eine stabile und dauerhafte Liebesbeziehung. Ich bin mir sicher, dass diejenigen am Ende belohnt werden, die Zeit und Aufmerksamkeit in die

Entwicklung einer Beziehung investieren, die auf mehr als nur reiner Zweckmäßigkeit beruhen soll.

Dies ist vielleicht auch ein Grund, weshalb ich mich schon immer viel lieber mit Frauen über Gefühle und Beziehungen unterhalten habe als mit meinen männlichen Freunden. Viele Männer haben zweifellos den Vorteil, dass sie einfacher gestrickt sind und sich nicht so viele Gedanken um beispielsweise Gefühle machen. Doch leider verstehen dadurch viele von ihnen nicht die Wichtigkeit von Gefühlen, gerade in einer Beziehung. Es scheint mir, dass Frauen diese Komplexität von Natur aus besser verstehen. Dabei war die Einstellung der Männer doch einmal eine ganz andere: Jahrhundertelang waren es Männer, die Sentimentalität als ihre Eigenschaft beanspruchten und sie in bewegenden literarischen Kunstwerken zur Schau stellten. Nach all diesen seichten Machos, die das Männerbild der letzten Jahrzehnte geprägt haben, wird es Zeit für die Männer, das Gefühl wiederzuentdecken. Als Mann Gefühle zu zeigen hat nichts mit Verweichlichung oder gar Verlust der Männlichkeit zu tun, im Gegenteil, es ist ein simples Ausleben unseres Menschseins.

Es ist dermaßen einfach, Menschen zu beurteilen. Genau jetzt, in diesem Moment, könnte ich jeden einzelnen meiner Sitznachbarn in diesem Bus allein ihrem Äußeren nach einschätzen. Wir tun dies so oft, fast schon unbewusst, und bis zu einem gewissen Grad ist dies sicherlich auch natürlich. Ich frage mich allerdings, wo dabei eigentlich die Authentizität bleibt. Ich ertappe mich selbst öfters dabei und fühle mich im Nachhinein sogar schlecht. Denn eigentlich glaube ich noch an so etwas wie Ehrlichkeit, die sich auch noch bezahlt macht in dieser Welt, die so viel mehr Wert auf Künstliches legt. Wir leben im Zeitalter der Etiketten, wunderbar propagiert durch den Trend der Hashtags, Stichworte, welche die wichtigsten Trends online kompakt zusammenfassen. Geschichten sind heute kürzer als früher, soziale Brennpunkte lassen sich in 140 Zeichen zusammenfassen und mit einem simplen *retweet* oder einem *like* hat man seine Meinung ausreichend begründet.

Je kürzer, desto besser, im Zeitalter, in dem alles *instant* ist und Wartezeiten von mehr als zehn Sekunden uns bereits durch odysseegleiche Qualen treiben, bleibt keine Zeit für ausführliche Argumente. Ständig werden wir gefordert zu urteilen: »Gefällt dir dies, was sagst du zu jenem«, und Reaktionen sind wie per Knopfdruck abzugeben. Kein Wunder, dass Referenden wieder so populär sind, Abstimmungen, die genau die momentane Stimmung wiedergeben und eben nicht eine durchdachte, rational geprägte Meinung. Aber heute möchte ich ausnahmsweise einmal nicht politisch werden, nicht einmal in meinen eigenen Gedanken.

Während mir all diese Überlegungen durch den Kopf schießen, nähern wir uns dem Ziel unserer Reise. Ich denke oft über Vergleichbares nach, fühle mich nachher aber immer etwas scheinheilig. Immerhin muss ich zugeben, dass ich selbst weit entfernt von Perfektion bin. Aber ich versuche mich jeden Tag daran und das ist vielleicht schon etwas wert. Wie kann es Entwicklung geben, wenn wir nicht versuchen? Zur Seite rollen und resignieren war für mich jedenfalls bisher noch nie eine Option.

Wir sind nun fast da. Ich sehe bereits die große Brücke, die das Festland mit Venedig verbindet. Rechts neben mir sitzt Anja. Sie sieht müde aus und ihre Augen sind noch leicht gerötet. Wir beide wissen, dass wir nicht hier sein sollten und dennoch haben wir keine Sekunde gezögert, aufzubrechen. Ich weiß nicht, was ich mir von dieser Reise erwarten kann, sicher ist nur, dass wir viel zu besprechen haben.

Kapitel 2

Mein Vater Bernardo war Zeit seines Lebens ein begeisterter Anhänger des Kommunismus. Nichts konnte ihm seinen Glauben an die Befreiung des Proletariates nehmen, nicht einmal das totalitäre Regime der Sowjetunion und die Unerbittlichkeit, mit der die KPdSU die sogenannten Volksdemokratien kontrollierte. Sowieso war mein Vater nicht auf den Glauben an das Erbe Lenins angewiesen, denn es gab einen anderen roten Gott, den er verehrte: Josip Broz, genannt Tito, den kroatischen Erbauer und langjährigen Führer des sozialistischen Jugoslawiens. Dieser Mann war für meinen Vater der wahre Revolutionsführer, derjenige, der die Balkanstaaten mit »Brüderlichkeit und Einheit« vom Joch des Faschismus befreite, ohne dabei auf die Hilfe der Roten Armee angewiesen zu sein. Tito war für meinen Vater der bessere Lenin und die positive Verkörperung der Stärke Stalins.

»Genosse Tito ist der wahre Führer der Arbeiter. Wir müssen uns an seinem Beispiel orientieren, wenn wir die Revolution nach Italien tragen wollen!« So oder so ähnlich schrieb mein Vater während seiner Zeit als Journalist für die Zeitung *L'Unità*, damals das offizielle Sprachrohr der kommunistischen Partei Italiens. Mit solchen Positionen machte er sich jedoch bei der Parteiführung äußerst unbeliebt, da die italienischen Kommunisten bis in die 80er Jahre der UdSSR nahestanden. Doch meinem Vater war dies ziemlich gleich, ihm ging es nicht um politische Machtpositionen in der Partei, sondern um die Verbreitung seiner Ideale. Ich habe es immer bewundernswert gefunden, wie treu mein Vater sich selbst sein ganzes Leben über blieb. Selbst nach der Implosion der Sowjetunion und dem kurz darauffolgenden Auseinanderbrechen von Titos ehemaligem Staatsgebäude blieb mein Vater fest überzeugt, dass der Kommunismus nicht versagt habe. Die Schuld am Zerfall Jugoslawiens schob er vollständig dem Machthunger des serbischen Präsidenten Slobodan

Milošević in die Schuhe. Seine Liebe zu Tito ging dabei sogar so weit, dass er jede Beteiligung Kroatiens und dessen Präsidenten Franjo Tuđman vehement bestritt. Bis zu seinem Tod vor fünf Jahren blieb er davon überzeugt, Titos Jugoslawien wäre das sozialistische Paradies gewesen, ohne es jemals einmal selbst besucht zu haben.

Doch selbst nach seinem Tod lebt die Begeisterung meines Vaters für diesen sozialistischen Führer weiter. Als mein Vater Ende der 80er Jahre erfuhr, dass er einen Sohn bekommen sollte, brauchte er nicht lange zu überlegen, wie er ihn nennen sollte. Da meine Mutter auch keine Einwände gegen diesen Namen hatte, erblickte ich so am 20. Januar 1988 in Rom als Tito Monteiro Rossi das Licht der Welt. Ich habe eigentlich nicht einmal etwas gegen den Namen, im Gegensatz zu Benito oder Adolf ist er im Vergleich nicht in diesem Maße angeschwärzt. Die meisten Menschen kennen die Geschichte der Balkanstaaten entweder überhaupt nicht oder, wenn sie sie kennen, dann ist Tito immer noch der autoritäre

Führer, der nicht wirklich etwas Schlimmes ange-richtet hat. Meine Schulzeit überlebte ich auch des-wegen einigermaßen ungehänselt, eigentlich ist meine scholastische Laufbahn im Rückblick sogar ziemlich unspektakulär. Ich hatte gute Noten, ohne dabei genial zu sein, und verbrachte meine Zeit größtenteils mit der Lektüre von Romanen und vor allem Gedichtbänden. Die Klassiker der italieni-schen und französischen Kultur hatten es mir dabei immer schon besonders angetan. Nach meinem Abi-tur entschied ich mich gegen ein Studium an einer Universität, was meinem Vater sogar entgegenkam, weil er die Hochschulen sowieso für korrupte, *bür-gerliche* Einrichtungen hielt. Ich schlug mich von da an als freier Journalist durch und schrieb alles, was man von mir verlangte. Viel Geld verdiente ich logi-scherweise nicht, doch es war genug, um ein passab-les Leben zu führen.

Meine Mutter ist Alessandra Rossi, geborene Meis. Als eine ruhige Frau, die alle wichtigen Entscheidungen im Haushalt ihrem Mann überließ, war sie für mich immer schon eine wichtige Vertrauensperson. Größtenteils eine Hausfrau, verbringt sie ihre Freizeit mit der Erschaffung von Kunstwerken. Obwohl sie viele unterschiedliche Techniken beherrscht, ist es die Malerei, die bis heute ihre große Passion geblieben ist. Sie war es auch, die mein Interesse an Literatur immer aktiv unterstützt und mich immer mit neuen Büchern versorgt hat.

Was meine Eltern wohl zusammengeführt hat, war ihre gemeinsame Überzeugung, ihren Mitmenschen helfen zu wollen, nur in der Durchführung dessen setzten sie auf andere Mittel. Während mein Vater immer für einen sozialen Wandel eintrat, verbrachte meine Mutter ihre Zeit lieber mit sozialer Arbeit und Freiwilligenhilfe in lokalen Suppenküchen oder auch in Kindertagesstätten. Sie hat mit der Zeit einer Unmenge an Menschen geholfen und so ist es kein Wunder, dass sie heute noch zu den beliebtesten

Menschen in unserer Stadt zählt. Meine beiden Elternteile waren in diesem Sinne Idealisten, die sich immer voll und ganz für eine bessere Welt eingesetzt haben, auch wenn dieser Kampf oft aussichtslos schien.

Mein Vater starb am 12. August 2008 durch einen Herzinfarkt. Niemand hatte es kommen sehen und sein Tod hat meine Mutter und mich schwer getroffen. Trotz seiner fast schon krankhaften Obsession mit einem verstorbenen kommunistischen Führer war er immer ein guter Ehemann und auch Vater gewesen. Ich war während eines ganzen Jahres unfähig, irgendeiner Arbeit nachzugehen, und zog mich in eine toxische Einsamkeit zurück. Mein Vater, so wirr er vielleicht in seinen politischen Vorstellungen war, hatte mich sein ganzes Leben lang unterstützt. Wenn es nicht um Politik ging, war er ein lustiger Mensch, der seinen Wein genoss und abends auch gerne mal alte italienische Volkslieder sang. Nach seinem Tod wurde es sehr still in unserem

Haus und es war diese unerträgliche Stille, diese erdrückende Abwesenheit seiner lauten Stimme, die sich über die Regierung in Rom oder die schlechte Tabellensituation seiner Lieblingsmannschaft aufregte, die mir derart zusetzte, dass ich in eine tiefe Depression verfiel. Ich begann mich immer mehr zurückzuziehen und bald schon fing meine Isolation an, lebensbedrohliche Züge anzunehmen, weil ich anfing, Essen zu verweigern. Glücklicherweise besaß meine Mutter damals die Stärke, die mir fehlte und so schaffte ich es schließlich mit ihrer Hilfe, wieder ins Leben zurückzufinden. Die Dunkelheit, die der Tod meines Vaters in mir geweckt hatte, blieb jedoch.

Dank eines Kontaktes meiner Mutter bekam ich eine vorübergehende Stelle als Journalist bei einer kleinen Zeitschrift für Kultur namens *La Lettera*. Ich freute mich wirklich auf die neue Aufgabe, da ich schon immer gerne gelesen habe und ich bisher nie wirklich die Gelegenheit bekam, über Literatur zu schreiben. An meinem ersten Tag wurde ich dann sogleich vom leitenden Redakteur der Zeitung, Carlo Malnate, dem Bereich für ausländische Literatur zugeteilt.

Es war zu diesem Zeitpunkt vor mehr als zwei Jahren, als ich Anja Reihl-Kir kennenlernte. Sie arbeitete für den gleichen Bereich der Redaktion, hatte jedoch im Gegensatz zu mir Medien- und vergleichende Literaturwissenschaften studiert. Zwischen uns herrschte vom ersten Moment an ein fantastisches Verhältnis, was in meinem Fall wirklich bemerkenswert war, da ich mich üblicherweise nur äußerst langsam auf andere Menschen einlasse.

Doch Anja war anders. Von Anfang an hatte ich das Gefühl, dass sie mich verstand, und der Drang, den ich normalerweise im Umgang mit anderen Menschen verspüre, nämlich in die Defensive zu gehen, kam bei ihr gar nicht erst auf. Unsere Arbeit machte uns viel Spaß und von Anja lernte ich in dieser Zeit viel, was Journalismus betrifft. Recht schnell wurden wir zu guten Freunden und fingen an, uns auch außerhalb unserer Arbeitszeiten zu schreiben. Unsere Facebook-Nachrichten wurden immer länger und deren Inhalt immer persönlicher. Das Außergewöhnliche an dieser Korrespondenz war die Bereitwilligkeit, mit der wir beide uns diese Dinge erzählten. Ich habe Freunde, denen ich vieles anvertraue, doch mit ihnen hatte ich Jahre gebraucht, bis ich mich auch nur annähernd wohl genug fühlte, über Ähnliches zu reden. Anja und ich aber erzählten uns nach wenigen Wochen Geschichten, die wir bis dahin mit keiner anderen Person geteilt hatten.

Ich erfuhr so nach einigen Wochen, dass Anjas Familie ursprünglich aus Kroatien stammt. Ihr Vater Dragan und ihre Mutter Nada waren mit Anja und ihren zwei Geschwistern Marija und Vesna Anfang der 90er Jahre vor den aufkommenden Unruhen im sozialistischen Jugoslawien nach Italien geflüchtet und haben sich dort niedergelassen. Ihre Mutter Nada hat den Zusammenbruch ihres Heimatlandes und den Verlust vieler Familienmitglieder nie wirklich überwunden und spricht bis heute praktisch kein Wort. Da sie auch die Kraft nicht mehr aufbrachte, sich um ihre drei Töchter zu kümmern, zog ihr Mann Dragan Anja und ihre zwei Schwestern praktisch alleine groß. Bis heute verbindet Anja deswegen eine enge Beziehung mit ihrem Vater, noch enger, als ich es wohl je nachvollziehen könnte.

Ich erzählte ihr auch von meinem Vater, dem Huldiger des großen Tito, eine Geschichte, die Anja mehr als einmal zum Lachen brachte. Ich erzählte ihr von seinem Tod und der Dunkelheit in mir, von meiner Selbstisolation, die mich fast auf eine makabre Art und Weise wieder mit ihm vereinigt hätte, und über den Kampf zurück in den Alltag. Mit Anja war all dies unkompliziert, in keinem einzigen ihrer Wörter war auch nur der Hauch eines Urteils oder gespielten Mitleids zu vernehmen, sie hörte mir zu und sie verstand, ich hörte ihr zu und ich verstand. Alles war so einfach und keiner von uns musste sich auch nur eine Sekunde darüber Gedanken machen, wie er es dem anderen sagen könnte, wir beide wussten, dass wir miteinander einfach nur wir selbst sein konnten. Das Ganze hätte wohl noch einige Wochen so weitergehen können, wenn nicht plötzlich eine dritte Person unsere Beziehung gehörig durcheinandergebracht hätte.

Anja war nämlich während dieser ganzen Zeit parallel auch in ein Gespräch mit ihrem Exfreund verwickelt. Ich wusste das und legte keinen besonderen Wert darauf, um ehrlich zu sein, war ich in diesem Moment wohl auch verblendet von dem Glück, welches ich durch unsere Gespräche empfand. Doch eines Tages teilte Anja mir beiläufig etwas mit, das unsere gesamte Beziehung auf den Prüfstand setzen sollte.

»Ach ja und, Tito, es wird dich sicher freuen zu hören, dass ich seit gestern wieder mit Jacopo zusammen bin!«

Nein, gefreut hat es mich definitiv nicht. Aber auch Wut oder gar Traurigkeit habe ich nicht wirklich empfunden. Ich war überrascht. Aus irgendeinem Grund war ich damals fest überzeugt gewesen, dass es absolut unmöglich wäre, dass Anja wieder mit ihrem Exfreund zusammenkommen könnte.

Da ich nicht wirklich wusste, wie ich mit dieser Information umgehen sollte, verschwieg ich Anja zum ersten Mal in unserer Beziehung etwas. Ich tat so, als ob sich für uns nichts geändert hätte, wir gingen unserer Arbeit nach wie bisher und schrieben uns regelmäßig. Nach und nach jedoch wurden Anjas Nachrichten kürzer. Eines Tages schließlich schrieb ich ihr und bekam keine Antwort mehr. Wenn wir uns nun in der Redaktion sahen, sagte sie mir, sie wäre momentan sehr beschäftigt und würde mir zu einem späteren Zeitpunkt antworten. Ich antwortete ihr, dies wäre kein Problem für mich und das war es auch zu diesem Zeitpunkt wirklich nicht, weil ich immer noch fest mit ihrer Antwort rechnete, war sie doch bisher stets gekommen.

Doch diesmal blieb sie wirklich aus. Das Ganze zog sich noch einige Wochen so hin und in der Zwischenzeit merkte ich das erste Mal, dass etwas bei mir nicht stimmte. Ich wurde nervös in der gleichen Art wie damals nach dem Tod meines Vaters, als ich mit diesem unerträglichen Verlustgefühl kämpfte. Jacopo, wann immer er Anja nun in der Redaktion besuchte, war mir ein Dorn im Auge. Ich hasste ihn, wie ich noch keinen Menschen zuvor gehasst hatte und mit Schrecken stellte ich fest, dass ich dazu überhaupt keinen Grund hatte. Durch all diese Gefühle merkte ich, dass es nur eine einzige mögliche Erklärung geben konnte: Ich liebte Anja.

Das war natürlich ein großes Problem. Anja hatte einen Freund, sie war in einer Beziehung, mit der sie dem Anschein nach glücklich war. Ich war plötzlich nicht mehr ihr Vertrauter, sondern ihre intellektuelle und emotionale Affäre. Doch ich war ganz offensichtlich nicht der Einzige, der mit dieser Situation nicht wirklich klarkam. An einem ruhigeren Tag in der Redaktion nahm Anja mich zur Seite und erklärte mir, warum sie mir wirklich nicht mehr auf meine letzte Nachricht geantwortet hatte. Sie wollte genauso wenig wie ich Schluss machen mit dem, was wir hatten, was immer es auch war, aber unser Verhältnis fing an ihre wiederaufgenommene Beziehung mit ihrem Freund zu gefährden.

»Stell dir nur einmal vor«, sagte sie, »wenn mein Freund eine deiner Nachrichten sehen würde. Wie würde ich ihm das erklären?«

Ich verstand, dass es keine Erklärung dafür geben würde. Wenn man in einer Beziehung ist, führt man keinen dermaßen persönlichen Kontakt mit einem *Freund* und schon gar nicht, wenn der vom anderen Geschlecht ist. Ich antwortete ihr, ich würde verstehen. Ich versicherte, dass mir nichts fernerläge, als ihre Beziehung zu gefährden. Meine Arbeit in der Redaktion wäre ohnehin bald beendet und danach wäre ich sowieso weitergezogen. Wir hätten eine schöne Zeit gehabt und so sollten wir sie vielleicht auch in Erinnerung behalten. All dies sagte ich ihr.

Dass mir der leitende Redakteur eine Festanstellung angeboten und ich diese bereits angenommen hatte, habe ich ihr nicht gesagt.

Am folgenden Abend fand ich mich vor Anjas Wohnungstür wieder. Was auch immer es war, irgendetwas trieb mich zu ihr und noch am gleichen Abend wollte ich ihr meine Liebe gestehen. Ich klingelte während mindestens einer halben Stunde, doch ihre Tür blieb verschlossen. Zu diesem Zeitpunkt glaubte ich, dass sie wohl an diesem Abend anderwärtig verpflichtet sei, zum Teil, weil ich mir nicht eingestehen wollte, dass sie mich vielleicht bewusst ignoriert haben könnte.

Am nächsten Morgen erschien Anja nicht zur Arbeit. Ich erfuhr von Herrn Malnate, dass sie vor zwei Tagen, als wir das letzte Mal gesprochen hatten, gekündigt hatte, ohne Angaben über ihre Zukunft. Diese Nachricht traf mich völlig unerwartet, ich ging wie in Schock nach Hause und versuchte erst einmal zu rationalisieren. Für einen kurzen Moment war ich sogar überzeugt, es wäre wahrscheinlich zum Besten, doch so leicht sollte es nicht für mich sein. Ich hatte nie zuvor in meinem Leben eine Beziehung wie die zu Anja. Ich spürte die Dunkelheit wiederkommen und ehe ich michs versah, fand ich doch noch einen Nutzen für die Flasche J&B Rare, die mir ein unsympathischer Arbeitskollege einmal geschenkt hatte.

Doch das Leben mit Anja sollte so schnell noch nicht vorbei sein, denn gestern Abend stand sie plötzlich vor meiner Tür. Sie war aufgelöst und hatte offensichtlich nur kurz zuvor heftig geweint. Ich begleitete sie zu mir hinein und erfuhr, dass sie einen heftigen Streit mit Jacopo hatte und jetzt nur noch wegwill. Ich weiß nicht mehr, ob es die Nachwirkungen meines täglichen Rotweins waren oder einfach der in meiner Familie genetisch vererbbare Wahnsinn, jedenfalls schlug ich ihr vor, dass wir genau das machen sollten. Ich buchte noch am gleichen Abend zwei Zimmer im Hotel Melagrana in Venedig.

Kapitel 3

Venedig Tag 1

Als Anja mir ihren Fluchtdrang offenbarte, war mir sofort klar, wohin uns unsere Reise führen würde. Zum einen ist Venedig geographisch gesehen eine kluge Wahl, da man von Treviso aus innerhalb kürzester Zeit mit dem Bus dort ist, doch der Charakter der Stadt entspricht auch genau dem, was wir jetzt benötigen.

Venedig ist eine stille Stadt, die andächtig auf dem Wasser schwebt wie ein buddhistischer Mönch in tiefster Meditation. Auch wenn sie in letzter Zeit immer mehr in die Hektik unseres Jahrhunderts hineingezwungen wurde, ist diese Stadt eigentlich ein kompletter Gegenpol zu unserer heutigen Gesellschaft. Wer sich in Venedig aufhält, muss sich Zeit nehmen, sich einlassen auf diese Stadt, sie kennenlernen und ihr Vertrauen gewinnen. Langsamkeit ist hier kein Laster, sondern eine Tugend und nur wer bereit ist, auch einmal innezuhalten und sich nicht um ablaufende Zeit zu sorgen, wird die wahre Essenz dieses Ortes wirklich begreifen.

Doch Venedig ist auch eine Stadt, die Verborgenes offenbaren kann, denn hier kann man sich nicht nur in den unzähligen Gassen verlaufen, sondern auch in sich selbst. Wer Venedig richtig bereist und die Serenissima nicht nur durch die Augen eines Touristen sieht, verlässt sie mit Erkenntnisgewinn. Es ist eine herrlich fürchterliche Stadt, die einen verführt und einem im trüben Glanz ihrer Lagune das Gesicht eines Menschen offenbart, den man vor langer Zeit verloren zu haben glaubte.

Ich weiß all dies, weil ich diese Stadt genau so bei meinem ersten Besuch erlebt habe. Damals hatte ich hier eine Woche mit meinen Eltern kurz vor meinem Abitur verbracht und es war in Venedig, wo ich erkannt habe, dass ich nicht studieren wollte. Es war hier, wo ich endgültig den Träumen verfallen bin, wo ich gemerkt habe, dass ich *Sein* dem *Haben* vorziehe.

Wer sich selbst nämlich allein durch das definiert, was er besitzt, bindet seine ganze Persönlichkeit doch eigentlich an das Vergänglichste, was es gibt: die Materialität. Es waren schon seit Urzeiten Prinzipien und Ideale, die Menschen geformt haben und nicht Moden oder Besitztümer, die kommen und gehen. Wer sich immer den neuesten Trends verschreibt, ist am Ende nichts anderes als eine leere Hülle, die alle paar Jahre ihr Aussehen verändert. Der Schein der Äußerlichkeiten ist ein löchriges Gewand und bietet in Zeiten von Krisen keinen Schutz. Nur wer sich auf ein starkes Fundament von unerschütterlichen Prinzipien stützen kann, übersteht auch die stürmischsten Zeiten. Diese Erkenntnis habe ich damals aus Venedig mitgebracht, sie hat mich zu dem Menschen gemacht, den Anja so zu schätzen weiß. Wohin also mit ihr flüchten, wenn nicht in die Lagunenstadt?

An Bord des Vaporettos, der uns nach Venedig bringen soll, sehe ich zum ersten Mal seit unserer Abfahrt ein Lächeln auf Anjas Gesicht. Es ist kein euphorisches Lächeln, keine Freude, die aus dem Überschwang des Momentes entsteht, sondern ein ruhiges Lächeln, das aus der stillen Zufriedenheit über das Kommende sein Glück bezieht.

»Das Wetter ist herrlich heute, oder?«
Es sind die ersten Worte von Anja seit unserer Abfahrt.

»Es ist außergewöhnlich schön für Anfang Januar. Ich glaube, wir werden einige schöne Tage hier verbringen können.«
Anja nickt und blickt mich an. In ihren braunen Augen finde ich den Trost für jedes dunkle Gefühl, das mich während der letzten Wochen bedrückt hat. Ihr Blick hat etwas Warmes in sich und vermittelt einem ein Gefühl von Willkommensein und Geborgenheit.

»Es ist schön, wieder einmal Zeit nur für uns zu haben«, sagt Anja, während der venezianische Wind ihren Haaren das schöne und natürliche Wilde gibt, was ich an ihrem Stil, seit wir uns kennen, immer schon bewundert habe. Wir beginnen wieder zu reden in der gleichen Art, wie wir es getan haben, ehe Anja wieder mit ihrem Freund zusammengekommen ist und für einen Moment bin ich fast überzeugt, dass wir die einzigen Personen auf diesem Vaporetto sind.

Nichts von alldem, was mir je Sorgen bereitet hat, scheint noch zu existieren, weder der Tod meines Vaters noch meine daraus entstandene Depression, noch meine potenzielle Arbeitslosigkeit, da ich ohne Absprache mit Herrn Malnate zu dieser Reise aufgebrochen bin. Anja schafft es, mich all dies vergessen zu lassen, sie bringt mir das, was ich Jahre zuvor noch für immer verloren geglaubt hatte, nur so viel besser. Dieser Zustand, ruhiger und doch unerklärlicherweise ekstatischer als jeder Rausch, sie hier an diesem Ort mit mir löst ihn aus. Genau wie bei anderen Rauschmitteln jedoch spüre ich die Gefahr, dass ich süchtig nach ihr werden könnte.

Wir legen an am Sestiere San Marco. Immer noch in unser Gespräch vertieft, schlendern wir durch die Gassen, immer den Pfeilen Richtung Piazza San Marco folgend. Ich spüre, dass wir beide momentan bewusst den Grund unseres Besuches in der Serenissima nicht ansprechen und ich glaube, dazu werden wir in den kommenden Tagen auch noch mehr als einmal Gelegenheit haben.

Nach kurzer Zeit breitet sich vor unseren Augen der Markusplatz aus. Obwohl ich ihn schon einmal gesehen habe, bin ich absolut überwältigt von dem Anblick, der sich mir bietet. Nach rechts hin bewegt sich der Platz überraschend weit in die Tiefe des Raumes hinein und wenn man genau hinschaut, erkennt man sogar, dass er sich zuspitzt. Zu unserer Linken aber befindet sich das Herzstück dieser Piazza und eventuell der ganzen Stadt: der Markusdom, der Märchentempel! Anja ist begeistert und ich muss ihr versprechen, dass wir die Basilika gleich morgen besichtigen werden. Ich verspreche und während sie damit beschäftigt ist, Fotos zu machen, lasse ich meinen Blick über den Platz schweifen. Wie zu erwarten, tummeln sich Unmengen von Touristen auf dem Platz, allen voran asiatische Reisegruppen, auch wenn sich Anfang Januar zugegebenermaßen noch relativ wenige Touristen insgesamt in der Stadt aufhalten.

Ich sehe mich weiter um, nur um plötzlich bei der Terrasse des berühmten Caffè Florian innezuhalten. Einer der Gäste starrt genau in meine Richtung und obwohl es eher unwahrscheinlich ist, dass er von allen Menschen auf dem Platz ausgerechnet mich fixiert, habe ich dennoch das Gefühl, er würde mich beobachten.

Es ist ein Mann mittleren Alters, nicht besonders groß, aber auch nicht außerordentlich klein, mit brünettem Haar und rasiertem Gesicht. Sein Haar ist rückwärts gebürstet, an den Schläfen stark ergraut und offenbart eine hohe, vernarbte Stirn. Sein großer Mund sticht besonders hervor, da er sich deutlich von der mageren Wangenpartie abhebt. Er trägt eine dunkelblaue Weste über einem weißen Hemd sowie eine Goldbrille mit randlosen Gläsern, die sich unnatürlich fest in seinen Nasenrücken zu bohren scheint und seinem Blick etwas Stechendes verleiht, aber gleichzeitig seine Gesamterscheinung fast schon zu einer Karikatur eines verschrobenen Schriftstellers verzerrt. Vor ihm steht ein Glas, welches aus der Distanz betrachtet wohl irgendeinen roten Saft beinhaltet, sowie danebenliegend ein kleines Buch. Unerklärlicherweise kommt mir dieser Fremde vertraut vor.

»Siehst du jemanden, den du kennst?«

Anjas Frage reißt mich aus meinen Überlegungen. Ich lächle und antworte ablenkend:

»Nein, ich habe mich nur gefragt, wieso immer noch so viele Leute ins Caffè Florian gehen, obwohl doch jeder weiß, dass es dort komplett überteuert ist.«

Anja lacht über meinen flüchtig zusammengezimmerten Witz und wir schlendern weiter zu unserem Hotel.

Das Hotel Melagrana liegt keine 200 Meter vom Markusplatz entfernt. Es ist ein klassisch eingerichtetes Hotel mit großen Marmorsäulen und einladendem Holzboden in Bar und Lobby. Camillo, der Empfangschef, begrüßt uns mit fast schon überschwänglicher Freude und weist uns unsere Zimmer zu. Er ist mir sofort sympathisch und ich kann mir gut vorstellen, dass ich mit ihm noch das eine oder andere sehr interessante Gespräch führen werde. An unseren Zimmerschlüsseln hängt jeweils ein bronzener Seepferdchenanhänger, was besonders Anja freut, doch auch ich muss zugeben, dass er einen ganz eigenen Charme besitzt. Unsere beiden Zimmer sind auf dem ersten Stock gleich nebeneinander. Wir entscheiden uns, es für heute beim Abendessen im Hotel zu belassen, und verabreden uns für halb acht vor dem Restaurant.

In meinem Zimmer beglückwünsche ich mich innerlich erst einmal selbst zur Auswahl dieses Hotels. Es ist genau nach meinem Geschmack, auch die

Zimmer sind klassisch eingerichtet und mit Holzdielen sowie antik wirkendem Mobiliar ausgestattet. Über dem Bett hängt eine gar nicht mal so schlechte Kopie von Pieter Bruegels »Landschaft mit dem Fall des Ikarus«. Vielleicht ist es sogar die aus dem Musée des Beaux-Arts, wer weiß?

Zu meiner Freude finde ich einen kleinen Schreibtisch in meinem Zimmer vor, auf den ich sogleich meine Bücher lege, die ich in aller Hast des Aufbruchs noch schnell zu meiner künftigen Abendlektüre gekürt habe. Während ich mein Gepäck in den zu meiner Überraschung begehbaren Wandschrank einräume, denke ich wieder an Anja. Die Ereignisse der letzten Stunden waren so überstürzt und fast wie im Rausch über uns hereingebrochen, dass ich eigentlich noch keine Gelegenheit hatte, mir klarzumachen, was eigentlich gerade geschieht. Noch während ich mich frage, ob ich überhaupt irgendwelche Hygieneartikel mitgebracht habe, wird mir meine Situation plötzlich überdeutlich: Ich bin in Venedig mit Anja, die noch immer in einer Beziehung mit Jacopo ist.

Was genau erwarte ich mir eigentlich von dieser Reise? Will ich Anja für mich gewinnen, sie überreden mit ihrem Freund Schluss zu machen und mich zu wählen, weil ich der bessere Mann für sie wäre? Oder will ich einfach nur ein Freund sein, der einem Menschen während einer schwierigen Zeit in seinem Leben zur Seite steht und ihm nicht das Leben noch schwieriger macht, indem er eine Entscheidung fordert? Immerhin kann ich wohl annehmen, dass Anja meine Gefühle für sie zumindest vermutet, doch das sagt mir immer noch nichts über ihre Position aus. Außerdem kenne ich den eigentlichen Grund für den Streit zwischen ihr und Jacopo noch gar nicht.

Es ist so vieles offen und zu meinem eigenen Schreck stelle ich plötzlich fest, dass ich nicht einmal sicher weiß, was ich hier eigentlich genau will. Blödsinn, natürlich weiß ich, was ich will. Ich bin verrückt nach Anja und felsenfest davon überzeugt, dass ich der Richtige für sie bin. Aber was, wenn Anja nicht so fühlt? Wäre es dann nicht schrecklich ungerecht, sie von ihrem Freund abbringen zu wollen? Sollte ich dann nicht eher versuchen, ihr bei der Bewältigung dieses Streits zu helfen? Ich weiß auf keine einzige dieser Fragen zu antworten, aber vielleicht brauche ich die Antworten auch noch nicht alle am ersten Abend.

Chi va piano va sano e chi va sano va lontano.*

Dies war der Lieblingsspruch meines Vaters. Er hat mir bereits sehr früh beigebracht, mich in Geduld zu üben, eine Eigenschaft, die heute leider nicht mehr allzu weit verbreitet zu sein scheint. Aber er hatte Recht. Ein Schritt nach dem anderen. Für heute begnüge ich mich, glaube ich, damit, mich für einen Hauptgang beim Abendessen zu entscheiden.

*wtl: Wer langsam geht, geht gesund und wer gesund geht, geht weit.

Venedig Tag 2

Unser Frühstück würgen wir hastig herunter, wir können es beide kaum erwarten, uns in die Mysterien der Lagunenstadt zu stürzen. Während Anja noch einmal auf ihr Zimmer geht, unterhalte ich mich mit unserem quirligen Empfangschef Camillo über Sehenswürdigkeiten in Venedig.

Die gute Laune dieses Mannes ist gefährlich ansteckend und während eines Gesprächs mit ihm kann man wirklich die Überzeugung gewinnen, nichts könnte am heutigen Tag schiefgehen. Außerdem verfügt er über ein unglaubliches historisches Wissen, was die Bauten in Venedig betrifft. Innerhalb weniger Minuten fasst er mir den kompletten geschichtlichen Hintergrund des Markusdoms zusammen und fügt noch einen Vortrag über den Befall Venedigs durch die Pest dazwischen. Außerdem reicht er mir noch einige Visitenkarten von guten, aber eher weniger bekannten Restaurants und Bars, mit der scherzhaften Bemerkung, uns beim bloßen Nennen seines Namens über ein kostenfreies Essen freuen zu dürfen. Darunter sind so poetische Namen wie *Locanda Montin*, *Osteria Bea Vita*, *Cantina Do Spade*, *Do Mori* oder das *Do Farai* vertreten. Viele davon gehören zu Venedigs berühmten *bacari*, kleinen Lokalen, in denen man üblicherweise nur kurz einkehrt, um einen *ombra*, den Nachmittagswein, zusammen mit einigen hausgemachten *cicheti*, kleinen Snacks, zu genießen. Während wir noch munter herumwitzeln, ist Anja inzwischen in der Lobby angekommen und so können wir beide uns nun aufmachen, *unsere* Reise richtig zu beginnen.

Der Markusdom ist ein ganz besonderes Gotteshaus. Dabei ist es nicht einmal die Größe, die beeindruckt. Viele andere Kirchen sind weitaus massiver, es ist viel eher die träumerische Verspieltheit des byzantinischen Stils, der den meisten katholischen Kirchengängern dann doch eher fremd ist. Anja ist hin und weg und fragt mich über jedes einzelne Detail der Kirche aus. Obwohl viele Kroaten Katholiken sind, stammt Anja aus einer der wenigen jüdischen Familien, die sich in dem Balkanland niedergelassen haben, und hat aufgrund dessen wenig bis gar keine Erfahrung mit kirchlichen Gotteshäusern oder den Praktiken der christlichen Religion.

»Tito, was sind diese... Dinger?«

»Das sind Beichtstühle.«

Super, und schon hat sie einen der wohl unangenehmsten Aspekte meiner Religion entdeckt.

»Beichtstühle?«

»Ja, man setzt sich auf die eine Seite und beichtet dem Pfarrer, der auf der anderen Seite hinter dem Gitter sitzt, seine Sünden. Wenn man damit fertig ist, so lautet zumindest die Idee, werden sie einem vom Pfarrer, der stellvertretend für Gott steht, verziehen.«

Ich glaube nicht, dass ich schon einmal jemanden einen Beichtstuhl so interessiert betrachten gesehen habe, wie Anja es gerade tut.

»Ich würde gerne einmal beichten gehen.«

Ich blicke sie etwas skeptisch an.

»Wirklich? Weißt du, die meisten Katholiken empfinden die Beichte als eine lästige Pflicht.«

»Vielleicht, aber ich stelle mir es irgendwie befreiend vor. Fühlt es sich gut an?«

»Ja, sehr gut sogar, um ehrlich zu sein. Ich kann mich noch genau an meine Firmung erinnern. Teil des Unterrichts war es damals, beichten zu gehen und viele meiner Freunde haben es nicht wirklich ernst genommen und sich haarsträubende Geschichten ausgedacht, die sie dann unserem Pfarrer erzählt haben. Ich war mir auch am Anfang nicht sicher, was ich erzählen würde, ich meine, ich hatte schon etwas auf dem Herzen, aber ich war damals noch furchtbar schüchtern und wollte es anfangs gar nicht erzählen. Dann aber, kurz vor der Beichte, nahm ich all meinen Mut zusammen und erzählte dem Pfarrer, wie ich die Unterschrift meines Vaters gefälscht hatte, um eine schlechte Klassenarbeit zu verbergen. Es auszusprechen und verziehen zu bekommen, war ehrlich gesagt wirklich erleichternd.«

Wieder einmal hat Anja es geschafft, eine Geschichte aus mir herauszulocken, die ich eigentlich noch sonst niemandem erzählt habe. Doch wie bereits so viele Monate zuvor fühlt es sich so unglaublich natürlich an, ihr diese persönlichen Anekdoten zu erzählen.

»Das kann ich mir gut vorstellen. Ich bewundere dich wirklich dafür, wie gut du deine Religion kennst. Mein Vater hat meine Schwestern und mich zwar im jüdischen Glauben erzogen, doch bei uns war alles immer nur eine Wiederholung dessen, was er uns vorgebetet hat, ohne dass wir überhaupt wussten, was wir taten oder beteten.«

»Bei mir zu Hause war es auch nicht viel einfacher. Vergiss nicht, mein Vater war überzeugter Kommunist und als solcher hasste er die Kirche sowie alle Formen der organisierten Religion. Wenn meine Mutter nicht darauf bestanden hätte, hätte ich wohl nie auch nur eine Kirche von innen gesehen. Alles, was ich über meine Religion weiß, habe ich von unserem Pfarrer gelernt oder mir selbst beigebracht, indem ich mich mit den Schriften auseinandergesetzt habe.«

Anjas Blick schweift hinüber zum prachtvoll geschmückten Altar. Plötzlich greift sie meine Hand und zieht mich in eine der Bänke hinein. Sie neigt ihren Kopf zu mir hinüber und flüstert mir durch ihre braungelockten Haare zu:

»Ich würde gerne mit dir beten.«

Einen Moment lang glaube ich sie nicht wirklich verstanden zu haben. Hat sie mich gerade wirklich gefragt mit ihr zu beten?

»Okay...ähm... Kennst du denn ein christliches Gebet?«

»Nein, aber das macht nichts. Bete du einfach vor und ich wiederhole, was du sagst.«

»Wäre das dann nicht genau dasselbe wie das, was dein Vater mit dir und deinen Schwestern getan hat?«

Anja sieht mich mit diesem Blick an, der jedes Mal diese angenehme Wärme in meinem Brustkorb auslöst, diese ungewöhnliche Schwere, die mir manchmal fast die Luft kappt:

»Nein. Mit dir ist es anders.«

Obwohl ich bekennender Katholik bin, kenne ich lediglich zwei Gebete auswendig: Das Glaubensbekenntnis und das Vaterunser. Ich entscheide mich dafür, Letzteres mit Anja zu beten, da es eines der Gebete ist, das ich nicht nur bete, weil die Kirche es so von mir will, sondern weil ich die Botschaft des Vaterunsers wirklich mag. Die Nächstenliebe, die es als Fundament des Christentums preist, und der eigentliche Grund, warum ich mich in einer Zeit eines fast schon modischen Atheismus noch immer als Christ fühle.

Satz für Satz flüstere ich langsam in die massiven Gewölbe des Markusdoms hinein und jeden einzelnen davon greift Anja auf und wiederholt ihn, doch nicht ohne dabei jedes Wort mithilfe ihrer Stimme abzutasten, fast wie ein Blinder seinen Tastsinn benutzt, um ein ihm unbekanntes Objekt zu identifizieren. Üblicherweise richte ich meinen Blick während eines Gebets auf das Kruzifix, doch in diesem Moment ist es mir unmöglich, den Blick von Anja zu lassen. Dieser Austausch hier im Markusdom mit ihr hat etwas enorm Verbindendes. Das geteilte Gebet ruft in mir spontan Erinnerungen an die Eucharistie wach und so wie Jesus das Brot mit seinen Jüngern geteilt hat, so teilen wir hier die Worte seiner Lehre. Es ist eine emotionale, geistige Verbindung, die ich von Anfang an mit Anja gespürt habe und die nun in diesem echohaften Aufgreifen meiner Worte eine neue, noch stärkere Form annimmt. Am Ende des Gebets angekommen verbleiben wir einen Moment in Stille und blicken uns zufrieden an. Während dieses Moments, festgefroren in der Zeit, versucht mein Verstand verzweifelt, die Millionen von Gefühlen und Gedanken, die alle zugleich in mir herumschwirren, irgendwie zu ordnen. Meinen Blick zieht es nach oben in Richtung des Gekreuzigten und während ich noch immer in dieser Kirchenbank im Markusdom sitze, aus irgendeinem Grund atemlos, wie nach schwerster körperlicher Anstrengung, hauche ich ein einziges Wort in die Tiefen dieser riesigen Höhle hinein: »Danke.«

Später am Tag sitze ich mit Anja auf dem Campo San Stefano beim Mittagessen. Das Wetter ist kühl, aber mit einer Jacke ist es kein Problem, draußen zu essen, denn keine einzige Wolke trübt die Strahlen der Sonne und in dieser wunderschönen Atmosphäre vergessen wir beide immer mehr, warum wir eigentlich in Venedig sind und genießen stattdessen den Augenblick.

Nach unserem Besuch im Markusdom heute morgen hat Anja noch weitere ihrer Kindheitserinnerungen mit mir geteilt und so sind wir schlussendlich bei einem Gespräch über ihre Herkunft und die Umstände, die zur Flucht ihrer Familie geführt haben, angelangt. Sie selbst war zwar noch zu jung, um wirklich viel von den Umständen, die schließlich zur

Entzündung des jugoslawischen Bruderkriegs geführt haben, mitzukriegen, doch ihr Vater Dragan hat die Geschichte ihrer Flucht oft erzählt.

Anjas Familie wohnte Anfang der 90er Jahre in Knin, einer zu dieser Zeit mehrheitlich von Serben bewohnten kroatischen Stadt. Als Franjo Tuđman am 30. Mai 1990 zum Präsidenten der damaligen sozialistischen Teilrepublik Kroatien gewählt wurde, war für Anjas Vater Dragan bereits klar, dass schwierige Zeiten bevorstünden. Tuđman selbst und auch seine Regierung waren beinharte Nationalisten und bereits deren enge Beziehung zum Schachbrettwappen rief bei vielen Serben böse Erinnerungen an die letzten kroatischen Faschisten wach, die *Ustaši*, die mit Adolf Hitler eng kooperiert hatten und grausame Massenmorde an der serbischen Bevölkerung begingen. Der Vorfall aber, der Dragan Reihl-Kir überzeugte, aus Jugoslawien flüchten zu müssen, ereignete sich in Knin selbst. Die meisten der dortigen Polizisten waren Serben und lehnten die neu gewählte kroatische Regierung komplett ab. Polizeiinspektor Milan Martić war es, der vielen Serben damals aus dem Gewissen sprach und sich zum Wortführer der Polizisten in Knin aufschwang, als er sagte:

»Ich bin Polizeiinspektor Martić, wir dienen dem serbischen Volk! Wir werden dieser abscheulichen kroatischen Regierung keinen Gehorsam leisten.«

Die Angst der Serben vor angeblichen kroatischen Übergriffen wurde zudem vom damaligen Bürgermeister Milan Babić geschürt und die Situation für die ansässigen Kroaten immer prekärer. Ganz deutlich wurde dies während eines Besuchs des kroatischen Vizeverteidigungsministers Perica Jurić bei den rebellischen Polizisten von Knin. Während dieser im Polizeikommissariat seine Beamten zu beschwichtigen suchte, hatte der Bürgermeister zusammen mit seinen serbischen Parteigenossen eine wütende Menge auf der Straße vor dem Gebäude versammelt. Die Stimmung war unglaublich aggressiv und jedem war klar, dass die Menge den kroatischen Politiker aufgeknüpft hätte, wenn er nicht von den Polizisten von Knin hinausgeleitet worden wäre. Anjas Vater merkte, wie vergiftet die Stimmung in Jugoslawien bereits geworden war und dass es über die kommenden Wochen und Monate nur noch schlimmer werden würde. Nachdem sein Freund und damals Nachbar, Zeljko Novak, von einem Mob wütender Serben auf offener Straße zusammengeschlagen wurde, weil ein Gerücht zirkulierte, dass er angeblich ein Spitzel der kroatischen Regierung sei, beschloss er schließlich Ende 1990, dass es an der Zeit war, das Land zu verlassen.

Er war mit seiner Entscheidung damals nicht allein, viele der in Knin lebenden Kroaten entschieden sich zur Flucht, solange diese noch möglich war und so flüchteten die Reihl-Kirs mit einigen ihrer anderen Nachbarn zusammen in einer Nacht-und-Nebel-Aktion bis an die dalmatische Küste, von wo aus sie dann schließlich ein Schiff nach Italien bestiegen.

Die Reihl-Kirs ließen sich als einzige ihrer Gruppe in Italien nieder, die anderen zogen weiter nach Österreich respektive nach Deutschland, da sie sich dort bessere Chancen auf eine Arbeit erhofften. Anjas Familie erfuhr später, dass ihre Wohnung in Knin von den Serben komplett ausgeplündert und abgebrannt wurde, eine damals verbreitete Vorgehensweise. Anjas Mutter Nada haben die Gewalttaten während der Balkankriege besonders schwer zugesetzt und mit jeder Nachricht eines weiteren getöteten oder verschwundenen Verwandten zog sie sich ein bisschen mehr in ihre innere Emigration zurück.

»Es ist so, als ob wir lediglich die leere Hülle meiner Mutter aus Knin mit nach Italien genommen hätten«, erklärt mir Anja mit trockener Stimme, »und die eigentliche Person irgendwo auf dem Weg hinaus verloren hätten.«

Jedes Mal, wenn Anja mir von ihrer Herkunft oder ihren Familienumständen erzählt, fühle ich mich schrecklich schwach. Ich will ihr so dringend helfen, aber ich weiß selbst ganz genau, dass ich das nicht kann. Ich habe nichts Vergleichbares erlebt, meine Familie ist auf ihre Art und Weise sonderbar, aber zu keinem Zeitpunkt war sie je solchen Gefahren oder Krisen ausgesetzt. Ich versuche in solchen Momenten Worte zu finden, solche, die trösten, und solche, die vermitteln sollen, dass ich da bin. Aber es reicht nicht, ich weiß, dass es nicht reicht und das bringt mich um. Wenn ich in Anjas Augen schaue, wenn sie diese Geschichten erzählt, sehe ich Leiden. Leiden von einer Dimension, wie ein Europäer der Mittelschicht sie sich in seinem Leben nicht wird vorstellen können. Aber ich sehe auch Willen. Ich erkenne einen starken Widerstand gegen all dieses Unglück, ein in großen Lettern geschriebenes *und trotzdem* festgebrannt in ihrem Blick.

»Danke, Tito, dass ich dir diese Dinge erzählen kann. Weißt du, jedes Mal wenn ich dir über meine Vergangenheit erzähle, fühle ich mich viel besser danach. Ich habe all diese Geschichten viele Jahre lang verdrängt, doch sie dir jetzt hier einfach erzählen zu können, zu wissen, dass du sie verstehst, macht sie mir wieder präsent und ich glaube auch, dass es mir hilft, sie zu akzeptieren. Danke, wirklich.«

Ich nehme einen großen Schluck Wasser.

»Du musst dich nicht bei mir bedanken, es ist das Mindeste, was ich für dich tun kann. Du weißt, ich höre dir gerne zu.«

»Ich spreche eigentlich nie mit jemandem über meine Herkunft, nicht einmal mit meinem Freund.«

Ich nicke, als ob ich alles verstanden hätte.

»Aber mit dir ist alles so viel einfacher. Du hörst mir zu und ich weiß, dass du jedes Wort aufnimmst wie ein Geschenk. Ich bin wirklich froh, dass ich dich kenne.«

Ich liebe dich, Anja.

»Ich auch. Sollen wir bezahlen?«

Abends im Melagrana, nach einem exzellenten Abendessen und einer überaus unterhaltsamen Diskussion mit Camillo, der darauf bestand, uns die Geschichten seiner seltsamsten Gäste zu erzählen, lasse ich mir eine Tasse Weißdorntee aufs Zimmer kommen und mache es mir an meinem Schreibtisch gemütlich. Als Abendlektüre entscheide ich mich für *Journal d'un curé de campagne* von Georges Bernanos. Während ich es mir im weich gepolsterten Stuhl gemütlich mache, höre ich im Hintergrund das leise Plätschern der Lagune und die rhythmischen Paddelbewegungen einer vorbeiziehenden Gondel. Ein Gondoliere scheint sich wohl noch zu einer Fahrt bei Mondschein entschieden zu haben.

Venedig Tag 5

Warum wir Italiener es für nötig befinden, praktisch jedes einzelne Gebäck mit einer unerträglich dicken Zuckerschicht zu überziehen, werde ich wohl nie verstehen. Meine Eltern leisteten sich wenig Luxus, aber ein bis zwei Mal im Jahr unternahmen wir eine längere Reise während meiner Schulferien und mehrmals reisten wir ins südfranzösische Nizza. Dort habe ich das erste Mal ein trockenes, ungezuckertes Croissant gegessen und verabscheue seither aufs Heftigste die italienische Variante.

Im Allgemeinen bin ich keiner, der sich für Süßigkeiten oder Desserts begeistert, nach einem Essen genieße ich meinen Espresso, nach einem harten Tag auch gerne einmal einen doppelten. Meine Abneigung gegen Süßes war ein derartiges Charaktermerkmal geworden, dass mein Vater einmal zu meiner Mutter sagte:

»An dem Tag, an dem Tito freiwillig einen Nachtisch isst, wissen wir, dass er einer Gehirnwäsche unterzogen wurde!«

Glücklicherweise zwingt mich das Melagrana nicht zu solch drastischen Maßnahmen. Das Frühstücksbuffet ist reichhaltig und abwechslungsreich und so genieße ich morgens meine tägliche Schale trockenes Müsli, gefolgt von Knäckebrot mit einer Scheibe Käse. Anja bevorzugt Obst, ihr Frühstück ist bunt und abwechslungsreich, niemals würde sie an zwei Morgen hintereinander die gleichen Früchte essen.

Während wir uns für den bevorstehenden Tag stärken, diskutieren wir bereits unseren Plan für heute. Nachdem wir unsere ersten drei Tage in Venedig selbst verbracht haben, wollen wir heute mit dem Vaporetto nach Murano fahren und die dortige Glasbläserei besichtigen.

»Der Vaporetto nach Murano fährt nicht sofort zur Insel, er legt vorher noch in San Michele an.« Während sie sich eine Orange schält, erwidert mir Anja lächelnd:

»Wenn er schon dort anlegt, können wir San Michele doch auch gleich besichtigen. Was gibt es denn dort zu sehen?«

»San Michele ist der Friedhof von Venedig.«
Anja hält inne und legt ihre Orange nieder.

»Oh.«
Um eine unangenehme Stille zu vermeiden, greife ich sofort vor:

»Aber weißt du, ein Friedhof sagt immer viel über die Geschichte einer Stadt aus. Ich hatte mal einen Geschichtslehrer, der uns sagte, dass wenn man die Geschichte einer Stadt wirklich kennenlernen will, man immer ihren Friedhof besuchen sollte. Außerdem hast du vollkommen Recht, wenn der Vaporetto sowieso dort anlegt, können wir uns San Michele auch gleich anschauen und dann mit dem nächsten Vaporetto nach Murano weiterfahren.«
Sichtlich erleichtert, dass ich dem Thema seine Schwere genommen habe, greift Anja wieder nach ihrer Orange und erwidert:

»Toll, dann steht unser Plan für heute ja schon!«

Das Wetter ist wirklich auf unserer Seite. Während wir dem Rio dei Greci nach Norden folgen, scheinen die gedimmten Strahlen der Wintersonne durch die schmalen Gassen der Serenissima. Vielen Städten sagt man nach, dass sie einen eigenen Charakter besitzen würden, doch Venedig nimmt unter diesen Städten noch eine Ausnahmerolle ein.

Diese Stadt vor der Küste Italiens lebt, wie Adern durch einen riesigen Körper zieht sich das Wasser der Lagune durch die Abertausenden von Gassen, die Feuchtigkeit verleiht der Stadt etwas Vitales, in manchen der alten Palazzi kann man die Bewegungen des Wassers unter den Fundamenten sogar spüren. Wir überqueren die Brücke über dem Rio San Francesco della Vigna und nähern uns langsam dem Dock, an dem die Vaporetti nach Murano abfahren. Anja ist immer noch sichtlich verliebt in diese Stadt, genauso wie ich es bin. Alle paar Meter bleiben wir stehen, damit sie ein Foto von einer weiteren schönen Szenerie machen kann. Wir haben bisher noch kein Foto von uns gemacht und ich frage mich, ob wir es überhaupt tun werden. Wie gerne würde ich aus dieser Reise das Fundament für etwas Größeres machen, wie gerne so viele Fotos wie möglich von uns aufnehmen, um sie in ein paar Jahren betrachten zu können und glücklich festzuhalten:

»Dort hat alles angefangen!«

Doch die Gedanken, dass von dieser Reise nur Aufnahmen vom Verfall gezeichneter Gebäude übrigbleiben, verlassen mich nicht.

Noch immer haben wir den eigentlichen Grund unseres Hierseins nicht angesprochen, mit Zeiten war ich nah dran, aber dann kam wieder so ein Moment, während dessen ich mich Anja so nah fühlte, dass ich diese Nähe um nichts in der Welt verlieren wollte. Während wir uns dem Fondamenta Nuove nähern, denke ich über Beziehungen nach. Wir gehen durch dieses Leben und begegnen einer Vielzahl von Menschen. Doch wie vielen von diesen Menschen sind wir wirklich *nah*? Wie oft begegnen wir Menschen, mit denen wir eine Verbindung *spüren*, eine Verbindung, die nicht einmal aufgebaut werden muss, sondern die einfach *da* ist. Die alten Griechen kannten eine Legende, die besagte, dass die Menschen zu Anfang Kreaturen mit vier Händen und vier Füßen, sowie zwei Gesichtern waren. Da sie dem Göttervater Zeus zu mächtig erschienen, entschied er sich sie aufzuspalten. Ein Mensch ist nach dieser Legende somit eigentlich nur eine Hälfte eines größeren Wesens und der Sage nach verbringen wir unser Leben damit auf dieser Welt, umherzuirren auf der Suche nach unserer anderen, verlorenen Hälfte. Wie bei einem Puzzle gibt es sehr wohl viele andere Menschen, die *fast* zu uns passen und sehr viele geben sich mit diesem *fast* zufrieden. Ich blicke zu Anja und wie immer, wenn ich sie sehe, lächle ich. Nein, ich bin mir ganz sicher, Anja ist kein *fast*.

Während sich der Vaporetto San Michele nähert, spüre ich ein leichtes Unwohlsein. 2008 kommt mir wieder in den Sinn, das Jahr als mein Vater zu Grabe getragen wurde. Damals war es der Beginn einer qualvollen Zeit, der ich mit letzter Kraft entkommen bin. Habe ich mir das gut überlegt, bin ich überhaupt bereit für diesen Besuch?

Aber meine Zweifel halten nicht lange an. Dieses Mal bin ich nämlich nicht alleine hier. Als wir an der Anlegestelle aussteigen, merkt man sofort, dass dieser Ort einem ganz bestimmten Zweck dient. Ich bewundere die Stille Venedigs, aber diese Stille hier auf San Michele ist von einer anderen Art. Während sie in Venedig erleichtert und befreit, liegt die Stille auf San Michele wie ein schweres Leinentuch. Man hat fast das Gefühl, die Insel wüsste, welche Funktion sie erfüllt, und versuche nun die Besucher zur Ruhe anzuhalten. Wir packen unsere Sonnenbrillen und Kameras in unsere Taschen, einen Friedhof besucht man nicht als Touristen. Dies ist ein Ort, an dem die Zukunft nicht existiert, die Bewohner dieser Insel sind am Ende ihrer Reise angelangt.

»Ich weiß, es ist irgendwie falsch, das zu sagen, aber dieser Friedhof ist wirklich schön.«

San Michele ist ein sehr grüner Friedhof, gerade wandern wir durch eine parkähnliche Struktur, die gleich hinter dem Eingang liegt.

»Nein, du hast absolut Recht, Anja. Das hier ist ein schöner Friedhof. Es ist ein sehr angebrachter Ort für die Verstorbenen.«

San Michele ist groß, aber da sich der Friedhof nun einmal auf einer Insel befindet, gibt es immer wieder Platzprobleme. Wir sehen während unseres Rundgangs mehr als einen Bagger, der entweder Grünflächen bearbeitet oder im Ernstfall sogar sehr alte Gräber entfernt, um Platz für neue *Gäste* zu schaffen. Einen Moment lang wandern wir sogar über massive Marmorgräber, ein Umstand, der uns erst unangenehm bewusst wird, als wir plötzlich die Namen und Daten unter unseren Füßen bemerken. So makaber all dies eigentlich sein sollte, so unerklärlich wohl fühle ich mich hier auf diesem Friedhof. Er ist so komplett anders als der, auf dem mein Vater begraben liegt, viel freundlicher und offener. Ich erinnere mich noch gut an die Zeiten, als ich das Grab meines Vaters noch jeden Tag besuchte. Es war die einzige Aktivität, zu der ich mich noch durchringen konnte. Oft brachte ich damals sogar eine Flasche Scotch, Ardbeg, wie ihn mein Vater immer trank, mit mir zum Grab. Ich goss einen Teil davon über den kalten Grabstein und hoffte, dass ein paar Tropfen vielleicht irgendwie meinen Vater erreichen würden.

Ein kleines Marmortor führt uns schließlich zu einem abgetrennten Bereich mit einer Gruppierung von Gräbern. Vor einem bleiben wir stehen. Anja blickt das Grab skeptisch an und fragt mich:

»Findest du dieses Foto, das die Familie für ihren Verwandten ausgesucht hat, nicht etwas seltsam?«

Das Foto, das Anja meint, zeigt den Verstorbenen in der Badehose auf einer Luftmatratze liegend. Tatsächlich ist es etwas sonderbar, die meisten, die sich entscheiden, ein Foto des Verstorbenen in die Architektur des Grabs zu integrieren, wählen eine Porträtaufnahme.

»Es ist definitiv auffällig, aber ob es seltsam ist, weiß ich nicht. Ich meine, wir kannten den Verstorbenen nicht, vielleicht war er ein Genießer und dieses Foto hat für die Familie seinen Charakter am besten widergespiegelt? Vielleicht wollten sie das Grab auch von einem Ort der Trauer in einen Ort der Erinnerung verwandeln.«

Während ich über Gräber und Tod spreche, erinnere ich mich unweigerlich wieder an meinen Vater. Obwohl ich sentimental bin, habe ich mich normalerweise recht gut im Griff. Aber in diesem Moment scheinen alte Gefühle in mir hochzukommen, da Anja mich plötzlich fragt:

»Tito, ist alles in Ordnung?«

Sie greift nach meiner Hand und ich weiß sofort, dass ich diese Gefühle der Vergangenheit nicht fürchten muss.

»Ich habe dir schon vom Tod meines Vaters erzählt und wie ich damals nicht wirklich damit klargekommen bin. Dieses Grab hier zu sehen, hat mich nur an diese Zeit erinnert. Aber nicht nur an die schlechten Gefühle, sondern auch an die Erkenntnis, die ich am Ende aus all dieser Zeit gewonnen habe. Trauer ist dann giftig, wenn sie sich nur um den Zeitpunkt des Todes dreht. Über ein ganzes Jahr war die einzige Art und Weise, wie ich an meinen Vater denken konnte, seine letzten Momente noch einmal mental durchzuleben. Immer und immer wieder sah ich seinen leblosen Körper auf diesem unerträglich sterilen Krankenhausbett. Dann der Sarg, der mir immer eher wie ein Gefängnis erschien, und der glänzende Marmorstein seines Grabs, der immer nur mein von der Trauer entstelltes Gesicht reflektierte.«

Ich muss eine kurze Pause einlegen. Der Tod meines Vaters ist noch immer wie Pandoras Büchse für mich. Anja hält meine Hand fester, als sie sie je gehalten hat.

»Tito... «

»Aber das ist heute nicht mehr so. Wenn ich heute an meinen Vater denke, sehe ich den Mann, den ich immer für seinen unerschütterlichen Glauben an eine bessere Welt bewundert habe. Ich sehe den Mann, der mir beigebracht hat, wie man Fahrrad fährt oder wie man seine Schnürsenkel schnürt. Er war vielleicht ein engstirniger Kommunist und unbelehrbar, was seine Bewunderung für den Marschall Tito anbelangte, aber er war ein guter Mann und ein hervorragender Vater. Und wenn ich heute sein Grab besuche, sehe ich in der Spiegelung des Marmorsteins den Sohn dieses Mannes, auf den er so stolz war.«

Anja umarmt mich. Für eine gewisse Zeit lang sind wir ein einziges Wesen, verbunden nur durch Gefühle. Was ist schon dabei, dass wir zwei Personen sind? In diesem Moment sind wir *eins*, es gibt kein *ich* und kein *sie*, nur ein *wir*. Als sie sich aus ihrer Umarmung löst, greift Anja meine beiden Hände und sieht mich an.

»Tito, ich kann es nicht oft genug betonen, wie sehr ich dich für deine Stärke bewundere. Du hast all diese dunklen Gefühle in dir, all diese schrecklichen Gedanken, die dich pausenlos quälen und doch gehst du jeden Tag mit einer so selbstverständlichen Zuversicht an, dass sie einem manchmal schon fast Angst bereitet. Ich wünschte, ich hätte auch nur einen Bruchteil deiner Stärke.«

»Machst du Witze? Anja, du hast Dinge erlebt, die ich mir nicht auch nur im Entferntesten vorstellen kann. Ich bin jemand, der in seinem ganzen bisherigen Leben keine Sorgen hatte, außer denjenigen, die ich mir selbst erschaffen habe. Der Tod meines Vaters war hart, aber natürlich bedingt. Niemand nahm ihn mir weg, es gab keinen Schuldigen außer der menschlichen Natur. Meine Selbstisolation vom Rest der Welt war keine Stärke, das war die pure Feigheit. Du hast als Kind bereits dein von Gewalt durchzogenes Heimatland hinter dir gelassen und dich in einer dir vollkommen fremden Gesellschaft integriert. Anja, wenn du mich auch nur für einen minimal ehrlichen Menschen hältst, dann glaube mir, wenn ich dir sage, dass du stärker bist, als ich es je sein werde, auch wenn es dir vielleicht nicht so vorkommt.«

Anja lächelt.

»Schreibst du deine Dialoge im Voraus oder wie machst du es, immer genau die richtigen Worte zu finden?«

Wir lachen und schlendern langsam zurück zur Anlegestelle, um unseren Anschluss nach Murano zu nehmen.

Murano ist eine malerische kleine Insel, die nur wenige Minuten von Venedig entfernt liegt. Mit seinen bunten Häusern wirkt sie etwas surreal, wie eine Zwischenwelt, die außerhalb unserer Dimension liegt. Man ist Tourismus hier offensichtlich gewöhnt, der Weg zur Glasbläserei ist sehr gut ausgeschildert. In einer Art Hinterhof finden wir den Eingang zum Vorstellungsraum, der Eintritt kostet wenige Euro, im Vergleich zu den restlichen Preisen in Venedig recht billig. Der Vorführraum ist eine Scheune mittlerer Größe, wir und die anderen Besucher werden gebeten, Platz auf einer äußerst rustikal wirkenden Holztribüne zu nehmen.

Der braungebrannte Mann, der die Eintrittsgelder kassiert hat, betritt kurz darauf die Fläche vor der Tribüne und beginnt über die Glasbläserei zu reden, erst auf Italienisch, dann auf Englisch. Hinter ihm steht ein weiterer Mitarbeiter. Er ist ganz offensichtlich ein Einwanderer, wahrscheinlich aus dem Nahen Osten. Seiner Kleidung und seiner abgenutzten Haut nach zu urteilen ist er wohl direkt in den Herstellungsprozess mit eingebunden. Diese Annahme wird mir auch gleich bestätigt, da er plötzlich wie auf Kommando nach einem langen Stab oder Rohr greift und eine Demonstration des Herstellungsprozesses der Glasbläsereien beginnt, während sein Partner seine Rede routiniert fortsetzt.

Ich habe nie zuvor gesehen, wie sie diese Glasfiguren herstellen, bei meinem ersten Besuch vor sechs Jahren hatten wir keine Zeit mehr, um Murano besuchen zu können. Doch was sich nun vor meinen Augen abspielt, kann ironischerweise nur mit dem Wort Magie wirklichkeitsentsprechend beschrieben werden. Der stumme Arbeiter wirbelt seinen metallenen Stab durch die Luft, als ob er antike Götter beschwören würde und mit jedem Schwung nimmt das Glas an der Spitze seines Zauberstabs mehr und mehr Form an. Nach einigen Wiederholungen dieses Prozesses erkennt man schließlich das Endprodukt dieses handwerklichen Wunders: ein seine Vorderhufe ausschlagendes Pferd. Ich habe mir die Herstellung dieser eleganten Figuren immer wie eine unglaublich komplexe und vor allem langwierige Arbeit vorgestellt, aber dieses ekstatische Gewirbel kommt eher einer akrobatischen Zirkusnummer gleich. Ich höre dem Schwätzer im Vordergrund schon lange nicht mehr zu, mich interessiert nur noch das Wunder, welches vor meinen Augen von diesem exotischen Zauberer vollbracht wird. Nach einem letzten grazilen Schwung durch die Luft setzt der Meister seine Schöpfung auf einen kleinen Holztisch genau vor unseren Plätzen.

Uns ist erlaubt, sie uns aus der Nähe anzusehen, Anja und ich zögern keine Sekunde, um unter den

Ersten zu sein. Die unglaubliche Energie, die dieser Vollbluthengst durch seine Positur verkörpert, steht in starkem Kontrast zu der Zerbrechlichkeit des Materials, aus dem er gerade vor unseren Augen geschaffen wurde. Die Figur ist wunderschön, man erkennt jedes kleinste Detail von einzelnen Muskeln bis zu den individuellen Strähnen seiner mächtigen Mähne. Doch wenn man solch absolute Schönheit sieht, sollte man stets vorsichtig sein, kann sie doch mit einer einzigen unvorsichtigen Bewegung in tausend Stücke zerspringen.

»Wir müssen unbedingt den Shop besuchen, Tito, ich muss eine dieser Figuren haben!«

»Dann sollten wir unsere Chance nutzen und jetzt gleich gehen. Solange alle anderen hier noch beschäftigt sind, haben wir wenigstens unsere Ruhe.« Ohne zu Zögern verlassen wir die Scheune.

Der Shop der Glasbläserei auf Murano ist Märchenland und Paranoiahölle zugleich. Meterlange Regale vollgepackt mit den unwahrscheinlichsten Fantasiegebilden erstrecken sich durch das ganze

Geschäft, aber jeden einzelnen Schritt macht man wohlüberlegt, riskiert man doch mit einer etwas zu abrupten Drehung, einen Schaden anzurichten, den man in seinem ganzen Leben nicht abbezahlen könnte. Anja und ich haben uns aufgeteilt, da mich vor allem die nachgebildeten Tiere interessieren, während Anjas Begeisterung dem mundgeblasenen Geschmeide gilt.

Gerade stehe ich vor einer meisterlichen Nachbildung eines Tigers. Fremd und mysteriös blickt mich diese gläserne Raubkatze an und löst in mir ein seltsam ausweitendes Gefühl aus, eine Art Verlangen nach etwas, das ich nicht sicher bestimmen kann. Ich versuche das Gefühl zu konkretisieren, indem ich das Tier näher begutachte, aber ehe ich michs versehe, ist das Gefühl bereits wieder verschwunden. Meine weiteren Versuche, es durch mentales Wiedererleben des Momentes erneut herbeizurufen, bleiben erfolglos. Ich gebe nach und entscheide mich, es als sonderbares Nachbeben meines emotionalen Momentes auf San Michele abzuhaken. Einen Moment überlege ich noch, ob ich die Tigerfigur kaufen soll, doch ein Blick auf das Preisetikett lässt mich diesen Gedanken genauso schnell verwerfen, wie mich dieses seltsame Gefühl verlassen hat.

Ich entscheide mich, Anja aufzusuchen, und finde sie vor einer Vitrine mit Bechern, Gläsern und Ähnlichem stehen.

»Tito! Sie ihn dir an, ist er nicht wunderschön?« Anja zeigt mir einen tiefblauen Parfumflakon, verziert mit weißen Blumen, die sich geschmeidig um den ovalen Körper ranken.

»Der ist wirklich sehr schön, Anja. Sieh nur, er hat sogar so ein Blasballon-Ding wie die richtig klassischen Flakons.«

»Ich weiß, er ist einfach perfekt.«
Anja seufzt und einen Moment lang betrachten wir in Stille den Flakon, der Anjas Herz erobert hat.

»Willst du ihn kaufen?«

»Ich *will* ihn kaufen, ja, aber ich *kann* nicht. Sieh doch nur einmal, wie teuer er ist.«

Er ist in der Tat nicht gerade erschwinglich. Aber ich muss keine Sekunde überlegen, um zu wissen, was ich tun muss.

»Ich schenke ihn dir. Wenn du willst natürlich.« Anja blickt mich an, als ob ich gerade verkündet hätte, ich wäre der Messias höchstpersönlich.

»Tito, nein, das kann ich nicht akzeptieren. Es wäre ein viel zu teures Geschenk!«

»Ach weißt du, für irgendetwas muss man sein Geld doch ausgeben und wenn ich dir damit eine Freude machen kann, ist es aus meiner Sicht gut investiert.«

Obwohl Anja noch protestiert, rufe ich eine der Verkäuferinnen herbei und lasse den Flakon für sie einpacken. Ich versuche noch, das Gefühl zu unterdrücken, kann es aber schlussendlich nicht ganz vermeiden, leicht hämisch an Jacopo zu denken. Nicht nur habe *ich* Anja diesen Flakon gekauft, *ich* war auch mit ihr auf Murano und habe mit ihr gemeinsam die Vorstellung des Glasbläsers gesehen. Dieser Flakon ist nicht nur ein Geschenk, er ist ein Erinnerungsstück, welches Anja von nun an immer an diese Reise mit *mir* erinnern wird. Ich habe das Gefühl, einen entscheidenden Vorteil errungen zu haben und das war mir dann auch der Verlust eines Großteils meines Tagesbudgets wert.

Am Nachmittag sitzen Anja und ich in einem kleinen Restaurant, welches wir auf Murano gefunden haben. Das Essen ist gut und der Hauswein, rot und kühl serviert, so wie es hier üblich ist, sogar exzellent. Wir sprechen über den herrlichen Tag, den wir zusammen erlebt haben und in diesem Moment fühle ich seit langer Zeit wieder einmal eine komplette Zufriedenheit mit meinem Leben. Dieser Moment hier in diesem Restaurant auf Murano, mit Anja vor mir, könnte ewig andauern.

»Nimmst du einen Nachtisch?«

»Oh nein, ich mag Süßes nicht wirklich. Ich bleibe wahrscheinlich bei meinem üblichen Espresso an der Theke nachher.«

»Ich hätte Lust auf ein Tiramisù, aber ich weiß nicht, wie groß ihre Portionen hier sind. Die Nudeln waren schon reichhaltig und ich würde ungern gutes Essen zurückgehen lassen.«

»Frag doch einfach bei unserem Kellner nach, der wird dir sicher gerne aushelfen.«

Als der Kellner kommt, um unsere Bestellungen aufzunehmen, fragt Anja nach dem Tiramisù. Mit einigen Handbewegungen teilt er uns mit, dass es schon eine größere Portion sei.

»Sie können sich aber gerne auch ein Tiramisù zu zweit teilen.«

Anja blickt erst den Kellner, dann mich etwas überrascht an und antwortet abwinkend:

»Vielen Dank, aber er wollte eigentlich keinen Nachtisch...«

Doch noch bevor sie beenden kann, antworte ich instinktiv dazwischen:

»Das wäre ideal, bringen Sie uns das bitte!«

Der Kellner bedankt sich lächelnd und verschwindet wieder in die Küche. Anja scheint noch nicht ganz verstanden zu haben, was gerade passiert ist, erwidert mir aber schließlich sarkastisch, dass ich für sie doch keine solchen Opfer erbringen müsste.

Wenige Minuten später durchleben wir dann schließlich eines der wohl überbeanspruchtesten Klischees einer jeden romantischen Komödie. Aber sind wir doch einmal ehrlich, wer möchte nicht von Zeit zu Zeit einmal einen dieser Momente erleben, die so perfekt sind, dass sie vor lauter Kitsch schon fast zerreißen? Wer soll uns auch schon diktieren, ob dieser Moment jetzt originell ist oder nicht, was zählt das überhaupt? Es sind meine Erfahrungen und alles, was ich weiß, ist, dass sich das hier richtig anfühlt. Hier auf Murano mit Anja ein Tiramisù zu teilen, das übrigens gar nicht einmal so schlecht schmeckt, fühlt sich natürlich an, es fühlt sich wie der passende Abschluss eines Tages an, der von Anfang an märchenhaft und mit Zeiten surreal war. Ich will diese Welt. Ich will, dass dies mein Leben wird. Ein Leben mit Anja an meiner Seite.

Während sich der Vaporetto wieder langsam auf Venedig zubewegt, diskutiere ich mit Anja unsere Pläne für die nächsten Tage. Im Hotel hing am Morgen eine Anzeige für ein Vivaldi-Konzert in der Chiesa di San Vidal aus, wir entscheiden uns, dieses gemeinsam zu besuchen. Die Sonne ist bereits am Untergehen und Venedig wird wieder in das obskure Abendlicht getaucht, welches es bei Nacht durchzieht und nur von den dreiarmigen Laternen durchbrochen wird. Das Fondamenta Nuove kommt immer näher und mein Blick streift die nun deutlich weniger bevölkerten Stege. Einen Moment, kann es sein? Ja, da ist er wieder. Der Mann, der mir schon auf der Piazza San Marco am ersten Tag aufgefallen ist. Wir sind noch zu weit weg, um es eindeutig bestimmen zu können, aber ich bin mir sicher, dass er es ist und wieder scheint er mich zu fixieren. Er steht einsam am Eingang einer Gasse, als ob er jemandem folgen würde und sich jeden Moment zurückziehen müsse, um zu vermeiden, gesehen zu werden.

»Fragst du Camillo noch heute Abend nach den Karten für das Konzert?«

Wieder ist es Anja, die meine Aufmerksamkeit von dem Fremden ablenkt.

»Ja... sobald wir wieder im Hotel sind, werde ich ihn fragen.«

Ich blicke nach oben. Der Fremde ist weg.

Wieder im Melagrana angekommen, kläre ich sofort alles, was das Konzert betrifft, mit Camillo. Ich habe inzwischen fast schon ein freundschaftliches Verhältnis mit dem Empfangschef unseres Hotels, abends trinkt er des Öfteren einen Digestivo mit Anja und mir an der Hotelbar, die wir zurzeit wohl auch als einzige Gäste wirklich nutzen, wobei schon alleine ich sicherlich für die anderen Gäste kompensiere. Camillo jedenfalls ist ein sehr freundlicher Typ, immer gut gelaunt und ein Optimist aus Überzeugung. Ein bisschen erinnert er mich an meinen Vater, nur ohne das ganze Gefasel vom Aufstand des Proletariats. Nachdem ich alles mit ihm geklärt habe, wünsche ich ihm einen schönen Abend und begebe mich wieder auf mein Zimmer. Meine Gedanken schweifen noch einmal über diesen wunderschönen Tag mit Anja, während ich mir meine Abendlektüre zurechtlege: den *Canzoniere* von Francesco Petrarca. Noch habe ich keine Antwort gefunden auf die Frage, was ich mir von dieser Reise wirklich erhoffen kann, aber eines hat mir dieser Tag klar und deutlich gezeigt: Ich will mehr solcher Tage. Vor meinem Fenster höre ich wieder das Plätschern eines Gondolieres, wie ich es bereits die Nächte zuvor immer gehört habe. Kann es vielleicht derselbe Gondoliere sein, der jeden Abend an meinem Zimmer vorbeifährt? Ich lausche dem Plätschern noch eine Weile, bis es schließlich in der Distanz verschwindet, und widme mich dann lächelnd meinem Buch.

Venedig Tag 6

Gestern vor diesem Grab auf San Michele zu stehen muss seine Spuren in mir hinterlassen haben, denn in der vergangenen Nacht hatte ich einen eigenartigen Traum. Ich stand mitten in einer Lichtung, es war später Abend und das einzige Licht kam von den dreiarmigen Laternen, die man überall in Venedig findet. Vor mir öffnete sich ein Pfad, es war eine Allee mit Zypressenbäumen an beiden Seiten. Es war still bis auf ein dumpfes Trommeln, welches aus einer undefinierbaren Ferne zu der Lichtung drang. Während ich den Pfad hinabschritt, bemerkte ich, dass in fast jedem Baum ein Käuzchen saß, welches mich mit seinen großen Augen interessiert begutachtete. Nach einiger Zeit stand ich schließlich vor einer einzelnen Rose. Doch diese Rose war anders, noch nie zuvor habe ich eine vergleichbare gesehen, denn diese vor mir war komplett violett. Ich reichte meine Hand nach ihr aus, vorsichtig dabei nicht die spitzen

Stacheln zu berühren, doch bemerkte zu meiner weiteren Verwunderung, dass sie komplett aus Glas war. Ich bückte mich, um sie genauer betrachten zu können und dann begann das wahre Enigma sich vor meinen Augen zu entfalten. In den Blüten der gläsernen violetten Rose sah ich nicht etwa meine eigene Spiegelung, sondern die von Anja. Dort war dieses Gesicht, welches so oft meine Gedanken bestimmt, doch sie war nicht allein. Im dunklen Glanz der Rose erschien neben ihr plötzlich eine zweite Figur. Sie hatte kein Gesicht und war auch sonst nicht klar zu definieren, aber diese Person, wer immer sie auch war, schien Anja sehr nahezustehen. Dann verschwand das Bild der beiden in den Tiefen der violetten Blume und ein anderes materialisierte sich vor meinen Augen. Eine weitere gesichtslose Figur, die scheinbar vor irgendetwas stand. Den Kopf wie in tiefer Bestürztheit nach unten geneigt, war es mir auch diesmal unmöglich, sie einer bestimmten Person zuzuordnen. Dann erst fiel mir auf, dass diese

Figur vor einem Grab stand. Ein einzelner aschgrauer Grabstein, ohne Namen und ohne Daten. Das Trommeln war inzwischen deutlich lauter geworden und erinnerte mich vom Rhythmus her an einen Marsch, doch es wurde immer wieder unterbrochen von den gelegentlichen Rufen der Käuzchen in den Bäumen hinter mir. Als ich genauer hinsehen wollte, um vielleicht doch noch ein Detail erkennen zu können, zersprang die violette Rose und der Traum war vorbei.

Was soll ich also nun von diesem Traum zurückbehalten? Ehrlich gesagt, weiß ich es nicht wirklich, ich kann jedenfalls nicht behaupten, dass er mich besonders in Aufregung oder gar Angst versetzt hätte, obwohl er definitiv sehr düster war. Ich fühle mich auch heute Morgen nicht wirklich besonders aufgewühlt durch diesen Traum, immerhin ist es nachvollziehbar, dass sich mein Unterbewusstsein mit dieser Erfahrung auf San Michele irgendwie ausenandersetzen würde. Ich bin mir sicher, dass ich spätestens heute Abend während des Vivaldi-Konzerts all dies hinter mir lassen kann.

Während ich meinen Cappuccino beende, sehe ich plötzlich Camillo, frohen Mutes wie immer, auf unseren Tisch zusteuern.

»*Buongiorno, amici miei!* Freut ihr euch schon auf das Konzert heute Abend?«

»Guten Morgen, Camillo! Oh ja und wie, Tito hat mir gesagt, dass das Orchester hier sehr bekannt ist?«

»Da hat er ganz Recht, wenn du Vivaldi hören willst, gibt es kaum ein besseres Ensemble als die *Interpreti Veneziani*! Außerdem wird euch die Chiesa di San Vidal sicher wunderbar gefallen. Wusstet ihr, dass die Ursprünge dieser ehemaligen Kirche bis in das Jahr 1084 zurückreichen?«

»Ich habe mal gelesen, dass sie nach ihrer Zerstörung zwei Mal neu aufgebaut wurde, einmal im 16. und einmal im 17. Jahrhundert?«

Camillo blüht jedes Mal auf, wenn er über Venedig und die Geschichte seiner Gebäude sprechen kann.

Es ist herrlich, Menschen zuzuhören, wenn sie über ihre Passionen sprechen.

»Ganz genau, mein guter Tito, ganz genau! Aber hört mal, ich bin eigentlich hierhergekommen, weil ich heute Morgen frei habe! Vielleicht könnte ich euch ja auf ein Glas einladen?«

»Oh, das ist sehr freundlich, Camillo, aber Anja wollte heute Morgen, glaube ich, Kleider kaufen gehen...«

»... und das kann ich auch sehr gut alleine tun! Geh du ruhig mit Camillo, ich weiß doch, dass du dich sowieso nur zu Tode langweilen würdest.«
Camillo lacht auf seine typische Art, die unglaublich ansteckend wirkt.

»*Perfetto!* Dann treffe ich dich, sagen wir, in einer halben Stunde in der Lobby, Tito?«
Ich antworte ihm, dass eine halbe Stunde wunderbar für mich funktioniert. Fast schon begeistert und mit vielen *Ciao, ciao!* schwebt Camillo daraufhin auf seiner rosa Glückswolke aus dem Essensbereich. Ein

Morgen mit ihm könnte durchaus sehr interessant werden.

Wenig später sitzen Camillo und ich auf einer Terrasse am Campo Sant' Angelo. Ich trinke meinen üblichen Espresso, während er sich einen frisch gepressten Orangensaft bestellt hat. Mit seinem türkisfarbenen Hemd wirkt der kleine Empfangschef wie ein leuchtender Ball, der aus nichts anderem als purer Freude und Glück besteht. Wir sprechen lange über dies und das, machen Witze und haben alles in allem eine mehr als gute Zeit, bis Camillo plötzlich das Thema wechselt.

»Jetzt sag mir aber mal, mein guter Tito, wann machst du denn endlich die Sache mit Anja klar?«

Okay, mit diesem Thema hätte ich jetzt nicht wirklich gerechnet.

»Entschuldige, was?«

Camillo lacht.

»Nun komm schon, es ist doch überdeutlich! Ihr habt ganz offensichtlich irgendeine Art von Beziehung laufen, seid aber nicht zusammen, warum hättet ihr sonst zwei Einzelzimmer gebucht? Du bist ohne Zweifel bis über beide Ohren in sie verliebt und wenn du mich fragst, und mir darfst du in dieser Frage ruhig Glauben schenken, hat sie definitiv auch nicht gerade wenig für dich übrig.«

Ich blicke etwas verschämt in meinen Espresso und fühle mich, als ob Camillo mich dabei erwischt hätte, wie ich die Seife aus meinem Hotelzimmer klauen wollte.

»Die Sache mit Anja ist kompliziert, Camillo...«

»Natürlich ist sie das! Es ist Liebe, Tito, da kriegst du nichts auf dem Silbertablett serviert! Anja kann nicht träumen, was du ihr gegenüber fühlst, du musst es ihr schon sagen.«

»Ganz so einfach ist das nicht, Camillo.«

Wissend, dass ich nicht mehr anders aus diesem Gespräch herauskomme, beginne ich ihm die ganze

Geschichte zu erzählen. Von unserem ersten Treffen in der Redaktion von *La Lettera*, unserer innigen Korrespondenz, Jacopo, dem Abend, an dem ich Anja meine Gefühle anvertrauen wollte, Anjas Kündigung, ihrem plötzlichen Auftauchen vor meiner Wohnungstür, der fluchtartigen Reise nach Venedig, unserem Besuch im Markusdom, San Michele, dem Bilderbuchtag auf Murano und all unseren anderen schönen Erlebnissen, die wir bisher hier in Venedig hatten. Camillo hört mir während der ganzen Zeit aufmerksam zu, unterbricht mich nur gelegentlich, um bestimmte Dinge nachzufragen, und nimmt hin und wieder einen großen Schluck von seinem Orangensaft. Während ich meine ganzen Erlebnisse zum ersten Mal in konkrete Worte fasse, merke ich, wie gut allein dies mir schon tut. Als ich am Ende meiner Geschichte angekommen bin, sagt Camillo erst einmal nichts. Wir sitzen einige Sekunden in geteilter Stille, was bei ihm wirklich eher selten ist, bis er schließlich sagt:

»Das ist in der Tat keine einfache Situation, in der du dich da befindest.«

Ich lache etwas heiser. Mein Mund ist noch ganz trocken von dieser endlosen Erzählung.

»Aber ich glaube trotzdem, dass du um Anja kämpfen solltest. Was ihr zusammen habt, ist etwas ganz Besonderes, das darf man nicht einfach so ziehen lassen. Ich bin jemand, der an Vorhersehung glaubt und ihr beide seid einfach füreinander bestimmt! Wenn zwei Menschen eine so enge Verbindung miteinander haben wie ihr, dann sollte es nichts geben, was diese Menschen auseinanderhält.«

»Aber was ist mit ihrem Freund, Camillo? Anja ist in einer Beziehung, noch dazu mit jemandem, den sie schon seit fast fünf Jahren kennt!«

»Und von dem sie sich schon einmal getrennt hatte! Ich habe schon so viele Beziehungen gesehen und eines, was ich ganz sicher weiß, ist, dass es reine Illusion ist zu glauben, man könnte nach einer Trennung wieder zusammenkommen. Man trennt sich doch nicht ohne Grund und dieser Grund wird immer wieder zum Problem werden, wenn man die Beziehung wiederaufnimmt. Vielleicht nicht sofort, vielleicht nicht einmal in ein paar Monaten, aber irgendwann taucht es wieder auf und verursacht die gleichen Schwierigkeiten, die einen bereits vorher ins Unglück gestürzt haben. Besonders eng scheint mir diese Beziehung auch nicht zu sein, warum sonst hätte Anja dir so viele persönliche Sachen anvertraut, die sie ihrem Freund gegenüber nie auch nur erwähnt hat? Alles, was diese Beziehung noch am Leben hält, ist die Tatsache, dass sie seit fünf Jahren besteht. Das ist eine lange Zeit, natürlich, eine Zeit, die für beide sicherlich mit vielen Erinnerungen verbunden ist, guten und schlechten, aber vor allem war das auch eine Zeit, bevor sie dich kennengelernt hat! Sag mir eines, Tito, liebst du Anja?«

»Ja, natürlich liebe ich sie. Sie ist ein so unglaublich starker und guter Mensch, sehr passioniert und dazu noch wunderschön. Manchmal vielleicht ein wenig kompliziert, aber das stärkt meine Liebe für sie nur noch. Wenn ich mit Anja bin, macht mein eigener innerer Wahnsinn plötzlich Sinn.«

Camillo lächelt zutraulich.

»Und würdest du mir zustimmen, dass einen Menschen lieben bedeutet, alles dafür zu tun, dass diese Person glücklich ist?«

»Ja.«

»Dann frag dich doch nun einmal selbst: Ist Anja wirklich glücklich in einer Beziehung, die schon einmal nicht mehr funktioniert hat und die sie nun sogar so weit getrieben hat mit einem anderen Mann, den sie vor knapp einem Jahr kennengelernt hat, nach Venedig durchzubrennen?«

Ich antworte nicht. Camillos Worte kreisen in meinem Kopf und hallen wider wie Rufe in einer riesigen Grotte.

»Oder wäre sie glücklicher mit dir?«

Dann plötzlich ist alles still. Alles fügt sich zusammen, die ganzen Gefühle und Erinnerungen, jeder einzelne Moment der Verwirrung ergibt vor meinem inneren Auge auf einmal vollkommen Sinn. Ich weiß, was ich zu tun habe, es gibt keine andere Möglichkeit. Camillo hat vollkommen Recht, Anja und ich sind füreinander geschaffen und genau das muss ich ihr sagen. Vielleicht war sie auch einfach nur durcheinander, wie ich es bis jetzt war, ich muss ihr nur zeigen, was Camillo mir gerade so deutlich gemacht hat!

»Du hast vollkommen Recht, Camillo. Ich muss es ihr sagen! Vielleicht schon heute Abend, nach dem Konzert?«

»Ich würde noch ein wenig warten. Du hast doch in ein paar Tagen Geburtstag, oder? Das wäre ein idealer Moment.«

»Das ist eine wunderbare Idee! Vielen Dank, Camillo, wirklich, du hast mir viel geholfen heute.«

»Weißt du, wenn man in einem venezianischen Hotel arbeitet, gehört es eigentlich schon zur Arbeit dazu, sich um Liebesangelegenheiten zu kümmern! Sie nimmt manchmal einige unnötige Umwege, aber schlussendlich findet sich immer, wer von Anfang an zueinander finden sollte. Es gibt keine Zufälle, Tito, schon gar nicht hier in Venedig!«

Wir lachen lautstark und ich bestelle noch eine Runde Getränke für uns. Ich kann es kaum erwarten, Anja am Nachmittag wiederzusehen.

Überraschenderweise erwartet mich im Melagrana nicht die Flut an Einkaufstaschen, die ich mir erwartet habe. Anja hat sich in vielen Geschäften umgesehen, war aber in den meisten von den horrend hohen venezianischen Preisen von einem Kauf abgeschreckt worden.

»Wenn ich alles gekauft hätte, was mir gefallen hat, hätten wir wohl auf der Stelle abreisen können. Außerdem war ich mir bei vielem einfach nicht sicher, ob es auch gut aussehen würde.«

»Also ich habe deinen Stil immer schon sehr bewundernswert gefunden, um ehrlich zu sein. Dein Farbgefühl und deine Kombinationen sind immer wunderschön und weitaus kreativer als irgendetwas, was ich je aussuchen könnte.«

»Das ist sehr nett von dir, Tito, aber ich finde, dass du auch immer sehr gut gekleidet bist. Aber vergessen wir die Kleider, wir müssen uns noch entscheiden, was wir bis zum Konzert heute Abend tun sollen!«

»Um ein Museum zu besuchen, fehlt uns leider die Zeit und die nächste Kirche, die wir noch nicht besichtigt haben, liegt im Dorsoduro, das würde wohl auch zu lange dauern.«

»Ihr könntet doch eine Gondelfahrt über den Canal Grande unternehmen!«
Camillo hat unser Gespräch wohl mitgehört.
»Oh, das ist eine fantastische Idee, Camillo! Aber sind die nicht furchtbar teuer?«
Camillo lacht so laut, dass sich das ältere Ehepaar aus Deutschland, das im Restaurant abends am Tisch neben uns sitzt und sich nun wohl gerade zu ihrer verzweifelten Suche nach einem Restaurant, welches sie nicht über den Tisch zieht, aufmachen wollen, erschreckt umdreht.

»Für Touristen ja, aber nicht für Italiener wie euch! Glaubt mir und fragt einfach nach, die Fahrt wird euch praktisch nichts kosten.«

Wir bedanken uns bei Camillo für den Tipp und beim Verlassen der Hotellobby sehe ich noch, wie mir der gewitzte Empfangschef ermutigend zuzwinkert.

Am Gondelsteg werden wir erst einmal mit einer riesigen Auswahl konfrontiert. Die weltbekannten Gondeln stehen hier in einer so großen Zahl dermaßen nah beieinander, dass der Wellengang sie ein bizarres Trommelkonzert veranstalten lässt. Während wir noch überlegen, mit welcher Gondel wir fahren wollen, werden wir plötzlich von einem der Gondolieri herbeigewunken. Es ist ein ungewöhnlich alter Schiffsmann, der uns da zu sich winkt, fast schon ein Greis, der sich deutlich von all seinen jüngeren Konkurrenten unterscheidet. Er trägt auch nicht das typische gestreifte T-Shirt oder den venezianischen Strohhut, den man sonst von Postkarten oder aus

Verfilmungen kennt. Dieser alte Mann ist komplett in schwarz gekleidet, von seinen Kleidern, bis zu seinem Hut, den er tief in sein Gesicht gezogen hat. Unter ihm quillt sein langes, mausgraues Haar heraus, welches sich wild um seine ledrige Haut legt.

Er scheint es jedenfalls auf Anja und mich abgesehen zu haben, da er uns mit immer kräftigeren Handbewegungen signalisiert, dass wir zu ihm kommen sollen. Da seine Gondel so gut wie jede andere ist, nähern wir uns dem sonderbaren Mann langsam. Kaum vor ihm, zeigt er mit seiner von dicken Adern durchzogenen Hand auf die Sitzplätze, die er scheinbar extra für uns freigehalten hat. Als ich ihn nach dem Preis für die Fahrt frage, winkt er fast schon etwas erregt ab und murmelt immer wieder:

»Basso prezzo...basso prezzo.«

Nachdem er auch nicht wirklich anders reagiert, als ich ihm klarmache, dass ich nicht mehr als 20 Euro für diese Fahrt zu bezahlen bereit bin, entscheiden wir uns einfach, mit dem sonderbaren Alten zu fahren.

Wir nehmen Platz in seiner Barke und als ich unserem Fährmann ankündigen will, dass wir gerne den Canal Grande befahren würden, murmelt er nur ein hastiges *Lo so bene, lo so bene* in seinen nicht wirklich gut gepflegten Bart. Einmal auf dem Wasser, vergessen wir unseren etwas eigenwilligen Gondoliere schnell und genießen die Fahrt durch Venedigs berühmtesten Kanal.

»In dieser Gondel könnte man die Zeit wirklich vergessen, findest du nicht, Tito?«

Ich lächle und blicke in den türkisfarbenen Himmel über der Brücke am Rialto.

»Glaub mir, Anja, für mich ist die Zeit stehen geblieben, als wir hier angekommen sind.«

Für die weitere Fahrt sprechen wir nicht mehr, sondern beobachten gemeinsam die langsam an uns vorbeiziehende venezianische Kulisse von wunderschönen, teilweise jahrhundertealten Gebäuden und Brücken. Diese Stadt hat es wieder einmal geschafft, mich komplett an sie zu binden. Hier kommt man sich leicht vor, unbeschwert, welche Probleme man auch immer von der Außenwelt mit hierhin gebracht hat. Es scheint fast, als ob der Scirocco sie einem aus der Seele weht und sie den schweigenden Tiefen der Lagune übergibt. Hier in dieser Gondel auf dem Canal Grande fühle ich mich zum ersten Mal seit langer Zeit wieder wie ich selbst. Mehr noch als das, ich fühle mich *ganz*. Mit jedem Sinnesorgan bin ich in diesem Moment hier präsent, ich habe endlich wieder den Platz hinter meinen Augen gefunden. Ich lächele. Nicht kontrolliert, nicht beabsichtigt, nicht weil ich das Gefühl habe, dass ich muss. Ich lächele, weil ich glücklich bin.

Unser Fährmann erfüllt seinen Job, ohne ein einziges Wort zu verlieren, was umso besser ist, weil das Gekrächze, das manche Gondolieri unwissenden Touristen als *Belcanto* andrehen, die Stimmung eher ruiniert, als sie zu schaffen, außerdem verlangen sie oft höhere zweistellige Summen für diesen »Service«. Während Anja neben mir in dieser Barke liegt, denke ich wieder an Camillos Worte von heute Morgen. Ich habe nicht mehr den geringsten Zweifel daran, dass Anja und ich Venedig als ein Paar verlassen werden. Diese Gondelfahrt erscheint mir wie die Überfahrt in ein neues Leben und während wir uns dem Ende des Canal Grande nähern, denke ich bei mir, dass es von nun an nur noch bergauf gehen kann. Am Steg angekommen will ich unserem greisen Gondoliere den versprochenen Zwanziger aushändigen, doch wieder winkt er energisch ab.

»*Uno spicciolo... solo uno spicciolo!*«, murmelt er mit krächzender Stimme. Eine Münze will er? Ich kann es nicht wirklich glauben und frage zur Sicherheit noch einmal nach, doch seine Antwort bleibt die gleiche. Ich will mich nicht weiter beschweren und gebe ihm eine Zweieuromünze. Offensichtlich zufrieden, bedankt sich der mysteriöse Fährmann bei mir und kaum sind wir ausgestiegen, rudert er auch schon wieder fort, wahrscheinlich zurück zum Start unserer Fahrt.

Die Chiesa di San Vidal ist ein prachtvolles Gebäude, heute eine entweihte Kirche, die unter anderem den *Interpreti Veneziani* als Konzerthalle dient und einem klassischen Abend in Venedig einen würdigen Rahmen bietet. Anja und ich nehmen unsere Plätze ein, die Camillo für uns reserviert hatte, auf unseren Sitzen liegen Broschüren mit Informationen zum Orchester und den Komponisten, deren Werke uns heute Abend präsentiert werden. Dies ist neben Antonio Vivaldi auch der große Johann Sebastian Bach und voller Vorfreude lese ich begeistert die biographischen Ausführungen dieser beiden Genies. Die Broschüre kommt in verschiedenen Sprachen und während ich sie durchblättere, kommt mir plötzlich eine Idee.

»Anja, du kannst doch von Haus aus Kroatisch, oder?«

»Ja, warum?«

»Blättere doch bitte mal auf Seite 30, dort beginnt die kroatische Übersetzung des Programms. Glaubst du, du könntest mir einen Abschnitt vorlesen?«

Anja sieht mich erst etwas fragend an, lächelt dann aber und blättert auf Seite 30 ihrer Broschüre. Sie beginnt flüsternd die dortige Einführung vorzulesen. Ich spreche kein einziges Wort Kroatisch, aber eigentlich geht es mir hier gar nicht um den Sinn, den ich sowieso kenne. Anja zuzuhören, wie sie diese Sprache spricht, eine mir so fremde Sprache, ist bereits ein Konzert für sich. Die Laute dieser eigentlich sehr rauen Sprache klingen durch ihre Stimme weitaus sanfter und sie schafft es auf eine unnachahmliche Weise, dieser dem reinen Zuhören nach fast vokallosen Sprache eine unglaubliche Flüssigkeit zu verleihen. Die *dj* und *tch* fügen sich in ihrer Aussprache zu einer Symphonie der Sprache zusammen, wie kein Komponist sie besser hätte schreiben können. Ich verstehe kein einziges Wort, aber das ist mir völlig egal. Ich höre Anjas Stimme, die dieses Kroatisch in ihr eigenes Kunstwerk verwandelt, und das ist alles, was wirklich zählt. Als sie den Abschnitt beendet hat, fragt sie mich, ob sie es gut gemacht hätte.

»Das war wunderschön, Anja. Wirklich. Ich hätte große Lust zu applaudieren.«

Anja lacht.

»Danke, Tito. Aber sag mal, du hast doch Französisch in der Schule gelernt, richtig?«

Ich weiß bereits, worauf sie hinauswill, und schlage die Broschüre auf der Seite der französischen Version auf. Mein Französisch ist leider nur mittelmäßig, ich habe leider viel zu wenig Zeit in das Erlernen dieser Sprache investiert, die ich eigentlich wirklich mag. Als jemand, der gerne viel und oft liest, empfinde ich die französische Sprache als eine der poetischsten Sprachen überhaupt. Sehr melodiös, schafft sie es, Gefühle allein schon durch die bloße Aussprache zu übermitteln und unter meinen Lieblingsautoren finden sich deshalb auch nicht wenige Franzosen wieder. Es war dabei auch unter anderem meine Mutter, die darauf bestanden hat, dass ich Französisch lernen sollte. Ihre Familie stammte ursprünglich aus Frankreich und ihr war es wichtig, dass ich das familiäre Erbe auf diese Art und Weise weitertragen sollte. Kurz nachdem ich meinen Vortrag beendet habe, fängt das eigentliche Konzert dann auch schon an.

Die *Interpreti Veneziani* sind ein Streichorchester und besonders für die Aufführung von Kompositionen von Vivaldi hervorragend geeignet. Die *Quattro Stagioni* werden gespielt und die Cellisten peitschen durch die musikalischen Jahreszeiten des italienischen Meisterkomponisten, wie ich es noch nie gehört habe. Die Chiesa di San Vidal nimmt jede einzelne Note auf und verstärkt sie um ein Vielfaches, jede einzelne Zelle meines Körpers bebt in den Schwingungen der zeitlosen Musik. Der Dirigent schwingt seine Arme ekstatisch durch die Luft, in Momenten gleicht er einem Derwisch in vollstem *sema*, nah an der spirituellen Erleuchtung. Eigentlich ist Vivaldi elegant und gediegen, doch heute erlebe ich ein wildes Konzert, eine wahre Orgie klassischen Musikgenusses. Ich beginne zu schwitzen und ich weiß nicht einmal, warum. In der Kirche ist es nicht übermäßig warm und dermaßen dicke Kleidung trage ich auch nicht wirklich. Mein Blutdruck steigt und vor meinen Augen erscheint wieder der Tiger, die gläserne Raubkatze, die mich schon auf Murano mit seltsamen Gefühlen konfrontiert hatte. Ich höre die dumpfen Klänge der Trommeln aus meinem Traum, doch das kann nicht sein. Es ist kein einziges Perkussionsinstrument auf der Bühne, wie kann ich Trommeln hören? Was auch immer gerade geschieht, ich bin mir ziemlich sicher, dass hier noch etwas anderes seine Finger im Spiel hat. Als der Dirigent endlich die letzten Takte anschlägt, rast mein Herz, als ob ich gerade einer Todesgefahr entkommen wäre.

»War das nicht fantastisch?«
Ich blicke zu meiner Linken, wo Anja noch immer sitzt. Unglaublich, dass sie diese ganze Zeit bei mir war.

»Ja...absolut fantastisch. Wie aus einer anderen Welt.«

Abends im Melagrana hat sich meine Aufregung schon wieder etwas gelegt. Ich greife zu meiner Lektüre für diesen Abend, *Seta* von Alessandro Baricco und nehme Platz an meinem Schreibtisch. Einen Moment halte ich noch inne, um nach dem üblichen Plätschern der vorbeiziehenden Gondel zu lauschen, die mich bisher noch jeden Abend in den Schlaf begleitet hat. Doch an diesem Abend höre ich nichts.

Kapitel 4

Venedig Tag 14

Der 20. Januar 2012, mein 24. Geburtstag. Wie schön, dass ich ihn hier in Venedig mit Anja verbringen kann. Gestern Abend haben wir uns noch überlegt, was wir heute unternehmen könnten und Anja hatte die interessante Idee, den Sonnenaufgang von der Piazza di San Marco aus zu beobachten.

Das bedeutet natürlich, früh aufstehen zu müssen und so kommt es, dass ich bereits um halb acht an meinem Geburtstag in der Lobby des Melagrana stehe. Der Sonnenaufgang wurde für Viertel vor vorausgesagt und Camillo hat uns versichert, dass wir nicht enttäuscht sein werden. Nach dem Frühstück wollen wir zum Lido fahren und den Tag dann bei hoffentlich gutem Wetter am Strand verbringen. Während ich noch mit Camillo über die Abfahrtszeiten der Vaporetti diskutiere, sehe ich im linken

Augenwinkel Anja die Treppe heruntersteigen. Um den Hals trägt sie einen wunderschönen wollenen Schal in einer cremigen weißen Farbe und mit einge-nähten abstrakten Mustern, der ihrem Kopf ein wei-ches Podest bietet. Da ist es wieder, dieses warme Gefühl in meinem unteren Brustkorb. Lächelnd kommt sie auf mich zu und umarmt mich.

»Alles Gute zum Geburtstag, Tito!«, flüstert sie mir ins Ohr.

»Danke, Anja, vielen Dank. Wir sollten uns viel-leicht beeilen, wir wollen die Sonne schließlich nicht noch länger warten lassen.«

Den Markusplatz so frühmorgens zu sehen ist ein ganz besonderes Erlebnis. Fast menschenleer wu-seln nur einige wenige fahrende Händler und Ein-heimische über den großen Platz, die Gondeln sind alle noch fest an ihre Stege gebunden und veranstal-ten im Wellengang ihr übliches Trommelkonzert. Überhaupt scheint Venedig morgens noch stiller zu sein als sonst, fast als ob die ganze Stadt in atemloser

Spannung den Sonnenaufgang mit uns erwartet. Wir nehmen Platz auf einer leeren Bank, von der aus sich uns eine herrliche Sicht auf das Mittelmeer offenbart.

Das Licht der kommenden Sonne kündigt sich in der leicht weißgelben Färbung des Horizonts an, die sich schwächlich auf der zerbrechlichen Oberfläche des dunkelblauen Meers spiegelt. Dieses Farbspiel ist ohne Vergleich und an sich ein erster Höhepunkt dieses Geburtstages, der sicherlich unvergesslich wird. Doch dann beginnt das eigentliche Schauspiel: Langsam steigt die aufgehende Sonne empor, ganz als ob sie nach der dunklen Nacht aus den Tiefen des Ozeans wieder ihren rechtmäßigen Platz im azurnen Himmelszelt einnehmen wolle, und taucht die impressionistische Morgenlandschaft Venedigs in ein kräftiges Blutorange. Wie eine Tritonmuschel erschallt in der Ferne der dumpfe Ruf eines gerade ankommenden Schiffs, Möwen schweben über dem nun hell erstrahlenden Meer, sich offensichtlich an der wiedergewonnenen Wärme ergötzend und selbst die wenigen Venezianer, die sich heute Morgen hier mit uns befinden und denen dieses Bild eigentlich schon bekannt sein müsste, bleiben einen Moment stehen, um wie in religiöser Andacht den neugeborenen Tag ehrfürchtig zu begrüßen.

»Ich habe noch nichts Vergleichbares gesehen. Kannst du dir ein schöneres Geburtstagsgeschenk vorstellen, Tito?«

Ich weiß genau, was ich antworten müsste. Dies ist der Moment, von dem Camillo gesprochen hat. Genau jetzt müsste ich ihr sagen, dass mein schönstes Geburtstagsgeschenk in der Tat dieser Moment hier ist, aber nicht wegen des Sonnenaufgangs, sondern wegen ihr. Ich müsste ihr sagen, dass ich weiß, dass sie in einer Beziehung ist, aber dass ich auch weiß, dass wir miteinander glücklich wären, glücklicher als jeder von uns beiden alleine oder mit irgendeinem anderen je sein könnte. Ich würde ihr dann all das sagen, was ich Camillo schon gesagt habe, und das, was er mir über uns gesagt hatte und ich würde Anja endlich bitten, mich zu wählen. Die Person, der sie so vieles anvertraut hat, die sie liebt als der Mensch, der sie wirklich ist, und die weiß, dass, egal wie tief sie im Leben sinken würde, sie nie unglücklich wäre, solange sie sie an ihrer Seite wüsste. Die Person, die durch sie erst *ganz* wurde und die alles Dunkle in ihr nicht mehr fürchtet, weil sie zum ersten Mal in ihrem Leben das Gefühl hat, nicht mehr allein zu sein. Die Person, die es unerträglich findet, sich auch nur vorstellen zu müssen, wie sie möglicherweise noch Jahre in einer Beziehung dahinvegetiert, die bereits einmal tot war und sich nur noch durch ihre eigene Existenz rechtfertigt. Die Person, die nichts mehr will als sie glücklich zu sehen und sich nicht mit der Frage herumschlagen will, ob sie nicht vielleicht mit ihr glücklicher wäre, weil diese Person genau weiß, dass dem so wäre.

All das müsste ich ihr jetzt sagen, genau in diesem Moment, auf dieser Bank um zehn vor acht, am 20. Januar 2012 in Venedig. Aber ich sage nichts von alldem. Stattdessen sage ich:

»Nein, wirklich nicht. Dieser Moment ist

einmalig.«

Und er war es wirklich. Denn nun ist die Sonne aufgegangen und es ist Zeit für uns, frühstücken zu gehen.

Nach unserem üblichen Frühstück machen wir uns gleich auf den Weg zum Lido. Während wir auf der Anlegestelle auf unseren Vaporetto warten, beobachte ich mit etwas Sorge den Himmel. Bis heute hatten wir enormes Glück mit dem Wetter, aber seit ein paar Stunden sind ungewöhnlich viele Wolken aufgezogen. Ich hoffe wirklich, dass es nicht anfängt zu regnen, das würde unseren Tag am Lido nämlich drastisch verkürzen. Eine Reisegruppe drängt sich gerade vor uns, als ich *ihn* plötzlich wiedersehe. Dort auf der anderen Seite des Canal Grande steht der Fremde, den ich bereits an unserem ersten Tag hier in Venedig auf dem Markusplatz gesehen habe. Immer gleich gekleidet, scheint er sporadisch an verschiedenen Punkten unserer Reise aufzutauchen. Was er will, bleibt mir ein Rätsel, aber ich bin mir inzwischen sicher, dass er mich beobachtet. Genauere Gesichtszüge sind schwer auszumachen, weil er immer eine gewisse Distanz hält, aber was bleibt, ist dieses unerklärliche Gefühl, ihn schon einmal gesehen zu haben, vor meiner Ankunft in Venedig.

»Tito, hast du an unsere Fahrscheine gedacht?« Ich greife in meine linke Jackentasche und reiche Anja ihr Ticket. Als ich meinen Blick hebe, ist vom Fremden keine Spur mehr zu sehen.

Der Vaporetto, der uns zum Lido bringt, ist bis zum Bersten vollgepackt mit Touristen. Ein verschwitzter Körper drängt sich an den anderen und eine unangenehme Mischung aus Achselschweiß und billigem Parfum liegt in der Luft. Das Schiff selbst hat seine besten Tage wohl auch schon hinter sich, die Innenwände und die Rücklehnen der Sitze sind befleckt und vollgeschmiert mit allen möglichen profanen Kritzeleien. Mit Schaudern fühle ich mich an unsere Busfahrt von Treviso hierhin erinnert und zähle die Sekunden, bis wir am Lido ankommen.

Anja scheint von dieser klaustrophoben Situation nicht besonders beeindruckt zu sein, sie wirkt abwesend und blickt durch das stark verschmutzte Fenster vor uns auf einen unbestimmten Punkt am Horizont.

Nach einigen Minuten, die mir wie Stunden vorkommen, legen wir endlich am Lido an. In der Hoffnung auf Besserung steige ich, so schnell es geht, aus und entferne mich von den wabbelnden Massen der Touristen, die sich wahrscheinlich sofort auf die billigsten Imbissbuden stürzen werden, um ihren animalischen Instinkt nach chemisch aufgeputschtem Futter und überzuckertem Sprudelwasser mit künstlichem Geschmack zu stillen. Doch der Lido soll mir wohl so bald noch keine Erlösung bieten.

Kaum angekommen, bemerke ich die infernalische Lautstärke dieses Teils von Venedig und ich brauche auch nicht lange, um die Quelle des Krachs zu finden: Der Lido wird durchzogen von geteerten Straßen, weshalb die riesigen Blechlawinen, die ich über die letzten zwei Wochen wirklich überhaupt nicht vermisst habe, hier ungestört umherrollen können und dabei die Luft mit ihren hustenden Benzin- und Dieselmotoren in eine stickige Masse verwandeln, die einen glauben lässt, man würde Wasser aus einem der verdreckten Kanäle von Venedig einatmen. Meine Ohren surren bereits nach wenigen Minuten auf dem Lido, weil ich nach dieser ganzen Zeit im stillen Venedig das scheppernde Geheul dieser Krawallmacher komplett vergessen hatte.

Überhaupt erinnert mich der Lido auf eine sehr unangenehme Art und Weise an zu Hause. Graue Wohnblöcke ragen wie riesige Grabsteine aus dem platt gewalzten Boden, die Straßen sind breit und komplett überfüllt. Der Lido hat nichts von dem Charme, der Venedig zu etwas Besonderem macht, er ist nur die x-te Kopie einer touristischen Anlage, wie man sie überall auf der Welt findet, immer gleich und nichts aussagend, immer billig und unpersönlich. Natürlich versucht man immer noch, die Leute auch in dieser künstlichen Einöde daran zu erinnern, dass sie Urlaub in Venedig machen und so findet man an jeder Ecke mindestens ein Geschäft, welches munter venezianische Masken oder Glasbläsereien von Murano verkauft. Selbst wenn es sich dabei um Originale handeln sollte, was oft höchst zweifelhaft ist, verlieren sie hier ihre ganze Magie, die sie in Venedig noch einzigartig gemacht hat. Hier reihen sie sich lediglich ein in die Unmengen an billigem Ramsch, der unwissenden Touristen als Erinnerungsstücke an eine unvergessliche Reise angedreht wird; Touristen, denen der kulturelle oder gar ideelle Wert von Gegenständen sowieso komplett egal ist, solange sie nur ein gutes Foto für Instagram abgeben.

Nach einem unerträglich langen Marsch erreichen wir schließlich den Nordteil des Lidos. Noch bevor ich den Strand überhaupt bemerke, wird mein Blick von einem riesigen Gebäude angezogen. Es ist ganz offensichtlich keines der modernen Wohnkomplexe, im Gegenteil, dieses Gebäude wirkt alt und ist teilweise vom Verfall gekennzeichnet. Allein von der Architektur her zu schließen könnte es sich hierbei um ein ehemaliges Hotel handeln, jedenfalls ist es unerreichbar hinter den Mauern dessen eingeschlossen, was vermutlich einmal ein Park war. Während wir nach einem Eingang zum Strand suchen, wandern wir das massive Gebäude weiter hinab. Dann plötzlich stehen wir vor dem, was einmal ein Eingangstor war und durch die vom Rost stark zerfressenen Gitterstäbe sehen wir vor uns, wie eine Botschaft aus der Vergangenheit, die überraschend gut erhaltenen Lettern, die den Namen des Hotels verkünden:

GRAND HOTEL DES BAINS

Wie bei jeder Begegnung mit dem Fremden in Venedig habe ich auch bei diesem Namen das Gefühl, ihm schon einmal irgendwo begegnet zu sein. Ich versuche mich zu entsinnen, wo es gewesen sein könnte. Ganz sicher nicht während meiner ersten Reise nach Venedig, damals haben wir den Lido überhaupt nicht besucht. Vielleicht habe ich eine

Broschüre oder eine Werbung für das Hotel gesehen? Nein, das war es sicher nicht. Es muss in einem Roman oder einer Erzählung vorgekommen sein, die ich einmal gelesen habe. Ich bin mir ziemlich sicher, dass dies die Antwort ist, aber so viel ich auch nachdenke, kann ich mich nicht mehr an den Titel der Erzählung erinnern.

Das Hotel wirkt jedenfalls, als ob es vor langer Zeit einmal vor allem wohlhabendere Gäste bedient hätte und während mein Blick über die nun nicht mehr ganz so elegante Terrasse schweift, kann ich mir gut vorstellen, wie einige extravagante Persönlichkeiten hier ihre Getränke bei abendlicher Musik genossen und sich ihren eigenen Gedanken hingaben. Vielleicht war der Lido damals, vor der ganzen Modernisierung, sogar ein schöner Ort. Möglicherweise sogar ein Ort, an dem man sich noch verlieben konnte.

Als wir den Strand betreten, ist dieser menschenleer. Es ist Mitte Januar und heute ist es wirklich außerordentlich bewölkt, zwei Umstände, die die meisten in der Stadt halten. Es ist kalt und sehr windig, die Dünen um uns herum vermitteln den Eindruck, als wären wir Wanderer in einer ausgestorbenen Wüste. Schließlich erreichen wir das Meer, welches hier so überraschend anders aussieht als in Venedig selbst. Es wirkt dunkler und mit seiner unendlichen Größe löst es in mir ein tiefes Gefühl von Verlorensein aus. Ich blicke zu Anja, wieder fixiert sie abwesend einen unbekannten Punkt in der Ferne.

»Anja, ist alles in Ordnung?«
Wie einen Fremden, der sie gerade aus einem tiefen Schlaf gerissen hat, schaut sie mich an, schwächlich lächelnd.

»Ja... Es ist alles gut, ich kann nur gerade nicht aufhören, an Jacopo zu denken. Weißt du, als wir diesen Streit vor nun schon zwei Wochen hatten, war ich so wütend und enttäuscht, deshalb habe ich dich noch so spät aufgesucht und als du diese Reise vorgeschlagen hast, war es genau das, was ich in diesem Moment tun wollte: einfach nur weg. Aber mein

Gott, es ist jetzt zwei Wochen her! Ich fühle mich so schlecht, dass ich einfach so davongelaufen bin und ich frage mich, ob es nicht langsam Zeit für mich wird, wieder nach Hause zu gehen. Diese Reise war fantastisch und du bist ein unglaublich guter Mensch, Tito, so viel besser, als ich es eigentlich verdient hätte, aber ich glaube, dass ich jetzt erkenne, was ich zu tun habe. Kannst du das verstehen?«

Ich höre Anjas Worte wie aus großer Distanz. Einen Moment lang glaube ich, nicht wirklich da zu sein und lediglich einen Film zu sehen. Aber ich bin hier, ich stehe mit Anja am Strand, an meinem 24. Geburtstag und fühle mich auf einmal wieder schrecklich allein. Aber dennoch weiß ich genau, was ich ihr antworten muss. Es gibt nur eine Antwort auf diese Frage.

»Natürlich verstehe ich das.«

Es ist die einzige Antwort, weil Anja in diesem Moment Bestätigung braucht. Sie war durcheinander und glaubt nun, die Puzzleteile richtig zusammengefügt zu haben. Was sie jetzt braucht, ist jemand, der ihr bestätigt, dass das Bild, welches sie unter vielen Mühen zusammengesetzt hat, auch das richtige ist. Ich will und kann nicht derjenige sein, der ihr diesen Moment wegnimmt.

»Danke, Tito.«

Anja umarmt mich und ich halte sie fest in meinen Armen. Diesen Druck, diese körperliche Wärme versuche ich, genauso wie ich sie jetzt gerade erlebe, festzuhalten. Jedes kleinste Detail ist wichtig, der Geruch ihres Parfums, die Position ihrer Hände auf meinem Rücken, der Winkel, in welchem sie ihren Kopf an meine Brust legt. Über ihre Schultern beobachte ich den Wellengang des Meeres, in seiner unendlichen Bewegung von Auf- und Niederschlag und mit einem Mal spüre ich wieder dieses seltsam ausweitende Gefühl, welches ich damals auf Murano beim Anblick des gläsernen Tigers gespürt hatte. Aber dieses Mal offenbart es mir eine riesige Leere, ein Gefühl undefinierbarer Abwesenheit. Ich sehe mich selbst, wie ich Anja umarme, nur dass ich nicht mehr dieser Mensch bin. Für einen Augenblick bin ich *außerhalb*, wie gefangen in einer Zwischenstation. Aber dann höre ich plötzlich den mir inzwischen so wohlbekannten Ruf eines ankommenden Schiffes, der so eng mit diesem Ort mitten im Meer verbunden ist, dieser Ruf, der eine Rückkehr nach Venedig verspricht und der meinen Traum noch einmal in all seinen Farben und Facetten wiederbelebt. Ich halte Anja wieder in meinen Armen und trotz allem, was ich gerade noch gehört und gefühlt habe, spüre ich ihn wieder in meinem Inneren aufkeimen, diesen letzten Funken Hoffnung, diesen festen Glauben an eine letzte Wendung. Noch ist unsere Reise nicht beendet, noch kann ich mit Anja reden. Ich werde es versuchen. Ich muss es schaffen.

Während unserer Rückfahrt nach Venedig sind etwas weniger Leute auf dem Vaporetto und so schaffen Anja und ich es sogar noch, zwei Sitzplätze zu ergattern. Sie klagt über eine leichte Migräne, doch ich denke mir nicht viel dabei. Die schlechte Luft und das unerträgliche Gedröhne auf dem Lido haben auch bei mir ein leichtes Unwohlsein hinterlassen und ich bin mir sicher, dass wir uns zurück im stillen Venedig bald davon erholen werden. Wir sind beide jedenfalls ziemlich müde und entscheiden uns, gleich nachdem wir an der Anlegestelle angekommen sind, uns wieder auf den Rückweg ins Hotel zu machen. Inzwischen kennen wir die verwinkelten Gassen in- und auswendig und erreichen das Melagrana so innerhalb kürzester Zeit. Nachdem wir Camillo Bescheid gegeben haben, dass wir heute nur ein leichtes Abendessen wollen, ziehen wir uns auf unsere Zimmer zurück. Vor meiner Tür angekommen hält Anja mich noch kurz zurück.

»Wartest du noch einen Moment, Tito? Ich habe noch etwas für dich.«

Anja verschwindet für einen Augenblick in ihrem Zimmer und kommt kurz darauf mit einem kleinen Geschenk wieder heraus.

»Du hattest doch nicht etwa geglaubt, ich hätte kein Geschenk für dich an deinem Geburtstag?«

Nach allem, was heute passiert ist, hatte ich es ehrlich gesagt wirklich schon fast vergessen. Voller Neugierde öffne ich Anjas Geschenk. Nachdem der letzte Fetzen Geschenkpapier entfernt ist, sehe ich, in einer wunderschönen Schachtel eingepackt, eine Schreibfeder. Aber nicht irgendeine Schreibfeder, nein, es ist eine der mundgeblasenen Federn von Murano, zusammen mit etwas typisch venezianischer Tintenfischtinte. Die Feder selbst erinnert mich eher an einen legendären Zauberstab. Ein roter, zylinderförmiger Bereich verbindet die insgesamt vier Blasen miteinander: zwei kleinere ganz oben, gefolgt von zwei größeren. Zwei sind von tiefstem Dunkelgrün, eine weitere wirkt in ihrem klaren Hellblauton, als ob es dem Glasbläser gelungen wäre, einen Wassertropfen in Raum und Zeit zu fixieren. Die zweite der kleineren Blasen ist durchsichtig, mit zwei fast schon fremdartig wirkenden gelben Flecken in ihrem Inneren. Dieses Farbenwunder menschlichen Handwerks läuft schließlich in der ebenfalls transparenten Spitze zusammen. Diese ist von einer solchen Feinheit, dass ich ernsthaft fürchte, mein bloßer Blick könnte sie noch vor meinen Augen in tausend Stücke zerbrechen lassen.

»Wow... ich weiß nicht, was ich sagen soll, Anja, das ist einfach fantastisch. Vielen, vielen Dank. Aber sag doch, wann hast du die denn gekauft, auf Murano waren wir doch die ganze Zeit zusammen?« Anja lächelt und flüstert mir zu:

»Nicht nur du bist gut mit Camillo befreundet... Alles Gute noch einmal!«

Und damit verschwindet sie wieder in ihrem Zimmer. Glücklich betrete ich mein eigenes und betrachte mein Geschenk. Es ist wirklich unglaublich gut ausgewählt und sehr persönlich. Eine Feder für den Literaturfreund... eine Aufforderung? Wie auch immer diese Reise nun ausgeht, wir beide haben nun jeweils ein Andenken, das uns immer an den jeweils anderen erinnern wird. Die Hoffnung in mir keimt noch ein letztes Mal auf, wenn auch nur sehr schwach, und ich bereite meinen Schreibtisch für meine heutige Abendlektüre vor. Aus dem Stapel, den ich mir am ersten Abend sorgfältig angelegt hatte, wähle ich den Gedichtband *Romances sans paroles* des Franzosen Paul Verlaine aus und lege ihn gleich neben meine neue Schreibfeder. Endgültig zurück in der Ruhe der Serenissima, empfinde ich Unsicherheit gegenüber dem, was noch kommt. Ist es bereits zu spät oder bleibt noch Zeit? Wie auch immer, nur eines scheint mir sicher zu sein: Diese Reise ist noch nicht zu Ende.

Venedig Tag 15

Anjas Migräne ist schlimmer geworden. Sie muss sich gestern auf dem Lido erkältet haben und ist wohl mindestens für heute an ihr Bett gebunden. Auf mein Angebot, den Tag bei ihr zu verbringen, antwortet sie mir nur, dass ich doch wohl sicher Besseres zu tun hätte.

Ich mache mich also auf in die Stadt, ohne den geringsten Plan zu haben, wohin ich eigentlich will. Ich irre durch eine Gasse nach der anderen, vom San Marco bis zum Dorsoduro, verirre mich dabei mehr als einmal, doch kümmern tut es mich nicht wirklich. Ich sehe Venedig an diesem bewölkten Tag anders, es ist eine schmutzige, vom Verfall gezeichnete Stadt, deren Kanäle etwas Infektiöses ausdünsten. Mit Ekel fallen mir nun die Algen und der Schimmel auf, die in der Feuchtigkeit der Stadt prächtig an den Fundamenten der Gebäude gedeihen. Die engen Gassen, die mir Tage zuvor noch Privatsphäre und

Intimität geboten hatten, lösen jetzt Unbehagen in mir aus und geben mir das Gefühl, erstickt zu werden. Ich haste weiter, verzweifelt nach einem offenen Platz suchend, und beobachte dabei mit Verachtung die an mir vorbeiziehenden Gondolieri, diese Maskenspieler, die ein überteuertes Schauspiel für oberflächliche Touristen vollführen. Gibt es überhaupt Wahrheit in dieser Stadt, die doch eigentlich selbst nur ein komplett künstliches Konstrukt ist, erbaut in der Lagune, wo kein Mensch je hätte auf die Idee kommen sollen, eine Stadt zu bauen? Alles hier ist eine Lüge und sie scheint mir noch vor meinen Augen zu zerfallen. Ich fühle mich inzwischen von allem bedroht, sogar die Straßenverkäufer, die mir sonst eigentlich nicht einmal aufgefallen sind, wirken nun wie hinterlistige Dämonen, die es auf mein Leben abgesehen haben. Die Stille, nach der ich mich gestern am Lido noch so gesehnt hatte, ist jetzt destabilisierend und scheint jedes Wort zu ersticken, noch bevor es überhaupt eine Chance hat, aus der Kehle aufzusteigen. Was ich jetzt gerade erlebe, muss wohl die andere Seite dieser verwunschenen Stadt sein: Ohne Anja bin ich ihrem Labyrinth hilflos ausgeliefert, bin ich wie Theseus, der niemals seinen rettenden Faden von Ariadne erhalten hat.

Nach einer gefühlten Ewigkeit gelange ich schließlich an einen offenen Platz. Erleichtert sehe ich mich um, um herauszufinden, wohin es mich verschlagen hat, und sehe den Namen auf einem der mir inzwischen so wohlvertrauten weißen Schilder angeschlagen:

CAMPO SAN GEREMIA

Im Cannaregio bin ich also gelandet. So oder so bin ich erleichtert, diesem Labyrinth entkommen zu sein, und entscheide mich, auf der vor mir liegenden Terrasse eine kurze Pause einzulegen. Das dazugehörige Caffè ist schmuddelig und wirkt leicht dubios, aber momentan möchte ich einfach nur einen Moment lang nicht mehr unterwegs sein. Ich nehme Platz in einem der von irgendeinem Öl sonderbar schmierigen Metallstühle und bestelle ein Glas Rotwein. Mein Blick schweift über den praktisch komplett verlassenen Platz und ich frage mich, ob es überhaupt irgendwelche Touristen in diesen Teil von Venedig verschlägt. Bestimmt eilen die meisten sofort weiter, wenn sie diesen Platz sehen, obwohl es hier eine sicherlich sehr schöne Kirche zu besuchen gibt.

Hinter mir höre ich Schritte und erwarte schon den Wirt mit meinem Wein, doch wie gerade aus dem dunkelsten Winkel Venedigs heraus materialisiert erscheint *der Fremde* plötzlich vor mir. Er blickt mich forschend durch seine golden umrandete Brille an und nimmt langsam an meinem Tisch Platz. Ich kann es nicht glauben: Hier ist er also nun, dieser seltsame Alte, den ich bereits an meinem ersten Tag hier in Venedig auf der Piazza San Marco gesehen habe und der mir seither immer mal wieder erschienen ist. Immer noch genau gleich gekleidet, blaue Weste und weißes Hemd, sehe ich nun jedoch zum ersten Mal in seine stechend blauen Augen. Er ist sicherlich kein Greis wie der Gondoliere, der Anja und mich über den Canal Grande gefahren hat, aber er sieht schrecklich erschöpft aus. Nicht das Alter, aber was auch immer er in seinem bisherigen Leben getan hat, hat diesen Mann gezeichnet und ich habe das Gefühl, dass wohl jede einzelne seiner Furchen auf seinem ungewöhnlich großen Kopf eine Geschichte zu erzählen hätte. Vor sich auf den Tisch legt er ein Buch, es ist das gleiche, das er bereits auf dem Markusplatz gelesen hat, ein sehr abgegriffenes Exemplar von Luigi Pirandellos *Uno, nessuno e centomila*. Eine Weile sitzen wir nur da uns gegenseitig anzuschauen, ganz so als ob wir beide dieses Treffen von Anfang an geplant hätten.

»Du hast sicher viele Fragen.«

Die Stimme des Mannes ist tief und bestimmt, es ist die Stimme eines Menschen, der genau weiß, was er will, und der das, was er zu sagen hat, nicht unnötig verpackt. Er hat Recht, ich habe viele Fragen. Wer er ist, was er will und warum er Anja und mich durch Venedig verfolgt hat, nur um irgendwo anzufangen.

Aber ich entscheide mich, ihn erst einmal sprechen zu lassen.

»Ich bin Gerardo und wenn mich meine Erinnerung nicht komplett im Stich gelassen hat, dann bist du Bernardos Sohn? Tito?«

Ich nicke langsam. Der Fremde, der sich mir als Gerardo vorstellt, hat also meinen Vater gekannt?

»Es ist kein Wunder, dass du keine Erinnerung an mich hast, ich kannte deinen Vater vor langer Zeit einmal. Wir arbeiteten damals beide für *L'Unità* als Journalisten. Ich war sogar derjenige, der deinem Vater die Arbeit in der Redaktion besorgt hatte! Wir waren lange gute Freunde, sehr gute sogar, aber gewisse... Umstände zwangen mich Anfang der 90er Jahre, die Redaktion und sogar die Stadt zu verlassen.«

Ich merke, dass ich ihn aber nicht einfach ununterbrochen sprechen lassen kann und frage:

»Warum hat mein Vater Sie nie erwähnt?«

Gerardo lacht bitterlich.

»Wahrscheinlich weil wir uns nicht gerade in besten Verhältnissen verabschiedet haben. Weißt du, Junge, dein Vater und ich waren beide Anhänger einer gleichen Ideologie, aber wir hatten des Öfteren Meinungsverschiedenheiten über die Mittel, mit denen wir diese durchsetzen wollten. Dein Vater glaubte fest an so etwas wie eine friedliche Revolution, während gewisse andere Leute in der Partei eher handfestere Methoden bevorzugten... Aber, Tito, ich bin nicht hier, um mit dir über deinen Vater zu sprechen.«

»Was wollen Sie dann von mir?«

»Ich wollte *dich* sehen, Junge. Trotz unserer Differenzen war dein Vater mir jahrelang ein guter Freund und nun, da er nicht mehr unter uns weilt, bist du alles, was mir noch von ihm geblieben ist. Ich habe dich nie ganz aus den Augen verloren, habe die Stadt immer mal wieder besucht. Alles auf Distanz, natürlich.«

Sehr beruhigend. Aber auch interessant. Ich frage weiter:

»Was ist mit meiner Mutter?«

»Oh Junge, deine Mutter mochte mich nie. Sie hat mich immer für einen schlechten Einfluss auf deinen Vater gehalten. Wer weiß, vielleicht hatte sie damit auch Recht«, fügt er lachend hinzu.

»In Ordnung, aber warum sind Sie mir durch Venedig gefolgt? Sie hätten mich zu jedem Zeitpunkt ansprechen können, warum bis jetzt warten?«

»Glaub mir, ich war genauso überrascht, dich hier in Venedig zu sehen, wie du es jetzt gerade bist. Es ist das erste Mal seit Jahren, dass sich mir die Gelegenheit bot, dich anzusprechen, ohne Gefahr zu laufen, von irgendwelchen alten Bekanntschaften dabei gesehen zu werden. Treviso redet, mein Junge, Venedig schweigt... Ich wollte allerdings mit dir alleine sprechen, Tito. Aber jedes Mal, wenn ich dich gesehen habe, warst du mit diesem Mädchen unterwegs. Ist sie deine Freundin?«

»Nein.«

»Nein? Du bist mit einem Mädchen seit nun mehr als zwei Wochen in Venedig, verbringst Tag für Tag mit ihr und sie ist nicht deine Freundin? Oh warte, ich verstehe, diese Reise war deine Art, sie für dich zu gewinnen, oder? Kluger Schachzug, mein Junge...«

»Nein, nein, nichts dergleichen, oder jedenfalls nicht nur... Es ist alles viel komplizierter...«
Gerardo mustert mich mit seinen Augen, inzwischen zu schmalen Schlitzen zusammengezogen.

»Ich weiß nicht, was du heute noch geplant hast, aber ich habe nichts mehr vor. Warum erklärst du mir nicht einmal, was hier los ist?«

Ich weiß nicht warum, aber ich erzähle, wieder einmal, die ganze Geschichte. Ist es fahrlässig, diesem absolut Fremden, der mir erzählt, er wäre ein guter Freund meines Vaters gewesen, diese sehr persönliche Angelegenheit anzuvertrauen? Vielleicht, aber zugleich muss ich mir auch eingestehen, dass ich eigentlich auf jemanden wie ihn gewartet habe. So dubios er auch wirkt, irgendetwas an ihm gibt mir das unzweifelhafte Gefühl, dass ich ihm vertrauen kann.

Anders als Camillo, wirkt Gerardo erfahren und kalkuliert, nicht geblendet von irgendwelchen Gefühlen oder übermäßigem Optimismus. Ich bin überzeugt, dass er mir Klarheit verschaffen kann, dass er mir einen Plan geben kann, denn das ist genau das, was ich momentan so dringend brauche. Im Allgemeinen scheint es so etwas wie ein tiefes Vertrauen zu Fremden zu geben. Öfters schon habe ich es leichter gefunden, heikle Themen eher fremden Personen anzuvertrauen als meinen Freunden, gerade weil sie mich nicht so gut kannte. Brieffreunde sind ein zugegebenermaßen nicht mehr zeitgemäßes Beispiel. Ich aber unterhalte noch einige Brieffreundschaften und was ich in diesen Briefen schon alles mit diesen Leuten, die ich noch nie persönlich kennengelernt habe, besprochen habe, geht wirklich sehr weit.

Dazu kommt aber auch, dass ich speziell Gerardo aus irgendeinem Grund vertraue. Es gibt hunderte Gründe, weshalb ich das genau nicht tun sollte, aber in diesem Moment scheint mir kein einziger dieser

Gründe relevant zu sein. Ich habe immer meinem Gefühl vertraut und Gerardo gegenüber sagt mir mein Gefühl ganz klar, dass ich ihm vertrauen kann.

Nach langen Minuten und zwei Gläser Wein später bin ich endlich am Ende meiner Geschichte angekommen. Gerardo hat während dieser ganzen Zeit keine Miene verzogen und im Moment ist es mir unmöglich, aus seinem Gesichtsausdruck herauszulesen, was er mir antworten wird.

»Tito, du bist genauso ein Idiot wie dein Vater.«

Guter Anfang.

»Du hast viel zu sehr in etwas investiert, dessen Endergebnis nicht einmal in deiner Hand liegt. Hast du allen Ernstes geglaubt, Anja würde ihren Freund am Ende dieser Reise für dich verlassen? Natürlich hast du das, genau wie dein Vater... Höre mir gut zu, Junge, bevor dein Herz nachgibt wie das deines alten Herrn: Du musst diese Beziehung hinter dir lassen, es ist die einzige Möglichkeit für euch beide, weiterzukommen. Anja ist in einer Langzeitbeziehung und ich glaube, dass du die Wirkung der Zeit bisher viel zu sehr unterschätzt hast. Mach nicht den Fehler und gib Gefühlen mehr Sinn, als sie wirklich besitzen. Nur weil du sie liebst und überzeugt bist, dass du der Richtige für sie bist, gibt dir das kein Recht, in diese Beziehung einzugreifen. Anja ist die Einzige, die diese Entscheidung treffen kann und wenn du sie wirklich liebst, was offensichtlich der Fall ist, dann lässt du sie gehen. Das und nichts anderes musst du jetzt tun, alles andere wäre eine Hinauszögerung des Unvermeidlichen. Natürlich wird das nicht leicht, Gefühle verschwinden schließlich nicht einfach. Aber ich verrate dir ein Geheimnis, mein Junge, Gefühle sind lediglich das, was wir aus ihnen machen. Ich für meinen Teil lege dir nah, sie möglichst klein zu halten, denn wenn es darauf ankommt, kannst du keinem außer dir selbst vertrauen. Wir sind allein, Tito, und je älter wir werden, desto klarer wird das. Zu starke Bindungen machen dich vor allem angreifbar, in meinem... Tätigkeitsbereich können sie dich sogar das Leben kosten. Du denkst viel zu weit mit Anja, wir Menschen sollten nicht so weit in die Zukunft denken, es geht darum, von Tag zu Tag zu kommen!«

An diesem Punkt tippt Gerardo auf das zerschlissene Buch vor ihm.

»Wir leben in einer Gesellschaft der Masken, Tito. Niemand offenbart sich selbst den anderen, nur so überleben wir. Um weiterzukommen, musst du jeden Tag an deiner Maske arbeiten, weitere Schichten hinzufügen und eventuelle Löcher reparieren. Das *Spiel der Masken* überlebt nur, wer mitspielt.«

»Was Sie mir also sagen wollen, ist, dass ich lügen muss? Das ist doch absurd!«

»Aber, Tito, das ist doch nicht absurd, das ist der Alltag! Wir alle tun es und du doch auch schon längst! Wie sonst hättest du dich in Anja verlieben können? So wie ich dich verstanden habe, waren es gerade die intimen Gespräche, der Austausch von Geheimnissen, der dich so begeistert hat. Sag mir doch, wäre dies überhaupt möglich, wenn wir nach außen hin zu 100 % wir selbst wären? Die Antwort ist nein, Tito. Wer clever ist, ist nach außen das, was ihn weiterbringt. Liebe heißt, sich die Seiten einander anzuvertrauen, die wir nach außen verbergen, und dennoch Respekt voreinander zu haben. Liebe ist Ehrlichkeit, aber die bringt dich heute nirgends mehr hin. Sag mir hier und jetzt, dass ich Unrecht habe!«

Gerardo hat Recht. So einfach ist es. Nichts ist dem, was er gerade gesagt hat, entgegenzusetzen. Ich bewege meinen Mund, ohne dass irgendwelche Wörter dabei herauskommen, verzweifelt auf der Suche nach einer Erklärung.

»Du musst dich vor mir nicht erklären. Du machst es längst, Tito, wenn auch unbewusst! Feile daran, arbeite deine Maske weiter aus und du wirst sehen, dass du weitaus glücklicher wirst. Vielleicht nicht glücklich in deiner naiv-romantischen Vorstellung, aber glücklich in einem Sinn von angenehmer Leere. Du kannst gleich damit anfangen, indem du Venedig verlässt. Verabschiede dich von Anja und vergiss sie. Das ist das Beste, was du für euch beide tun kannst.

Überlass sie dem Leben, das sie für sich gewählt hat, und fang endlich damit an, dein eigenes zu wählen.«

Er blickt auf seine Uhr und meint dann wieder ruhig:

»Ich muss los. Es war mir eine Freude, dich getroffen zu haben, Tito! Ich glaube nicht, dass wir uns noch einmal wiedersehen, aber ich wünsche dir nur das Beste für deine Zukunft. Ganz ehrlich.«

Gerardo wartet gar nicht auf eine Antwort von mir, die ich ihm auch momentan nicht in der Lage bin zu geben, steckt sein Buch ein und verschwindet im inzwischen aufgezogenen Nebel Venedigs, so schnell und mysteriös wie er einst aus der Stadt zu materialisieren schien.

Zurück lässt er mich, eine Person, die ich für den Moment nicht mehr klar definieren kann. Alles, was ich mit Sicherheit sagen kann, ist, dass ich den Funken, den ich am Tag zuvor noch für Hoffnung hielt, nicht mehr spüren kann.

Auf dem Rückweg zum Hotel verlaufe ich mich ein paar Mal. Nicht nur ist Venedig inzwischen komplett im Nebel versunken, auch kann ich nicht aufhören, an das Gespräch mit Gerardo zu denken. Hat er Recht? Waren alle meine Bemühungen umsonst und hatte ich nie auch nur den Hauch einer Chance? Soll ich jetzt etwa einfach weitergehen, alles abhaken? War ich ein schlechter Freund Anja gegenüber, weil ich sie zu sehr liebte? Hätte ich alles, was ich mit ihr zusammen erlebt habe, die endlos langen Gespräche, die Intimität, die Geschichten, die wir niemandem sonst außer dem jeweils anderen anvertraut haben, dieses durchdringende Gefühl von Verbundenheit, hätte ich all dies einfach ignorieren sollen? Wenn das die Lektion ist, die ich aus dieser Beziehung ziehen soll, wie kann ich dann je wieder meinen Gefühlen trauen, wie soll ich das nächste Mal, wenn ich jemand anderem gegenüber so empfinde, wissen, dass es nicht wieder komplett umsonst ist? Sollen all unsere Gefühle, all diese Momente einfach wertlos sein? Bin ich vielleicht sogar schuld an Anjas

Problem, ist vielleicht nicht Jacopo, sondern ich derjenige, der aus Anjas Leben verschwinden muss, damit sie glücklich sein kann? War es mein Fehler, mich verliebt zu haben, oder habe ich mich einfach in die falsche Person verliebt? War es schlechter Charakter von mir, es überhaupt versucht zu haben, hätte ich mich niemals auch nur trauen dürfen, Anjas Beziehung in Frage zu stellen, egal wie instabil sie auch wirkt? Während ich mich tiefer in Venedig verliere, scheine ich auch immer weniger mit meinen eigenen Gedanken klarzukommen. Nein, hier war ich auch schon. Na toll, plötzlich stehe ich mitten auf einem Platz, den ich noch nie gesehen habe. Erschöpft und zum ersten Mal seit langer Zeit wieder einmal von Tränen in den Augen geblendet, sinke ich am gerade noch erkennbaren Brunnen in der Mitte des Platzes nieder. Das war's, ich bin am Ende. Es ist einer dieser Momente, in denen man einfach nichts anderes mehr zu tun weiß, als hemmungslos zu weinen. Überfordert von allem, mit Sicherheit über gar nichts mehr, spüre ich ein starkes Brennen

141

im unteren Brustkorb. Es ist das gleiche Gefühl, welches ich immer in Anjas Gegenwart gespürt hatte, aber nun hat es eine andere Bedeutung. Damals war es Liebe, sofortige und bedingungslose Liebe zu einem anderen Menschen, wie ich sie noch nie zuvor erlebt hatte. Nun aber ist es ein Ausbrennen. Die Liebe, die mir einst eine Zukunft versprach, in der alles besser werden sollte, beginnt nun, langsam den kümmerlichen Rest meiner Person aufzuzehren. Ich merke jetzt, dass Ariadne mir nicht nur keinen Faden, sondern auch kein Schwert mitgegeben hat, um dem Biest in der Mitte des Labyrinthes entgegenzutreten. Wer war denn nun eigentlich dieses Biest? Gerardo? Oder war es nicht immer schon Liebe, die es fertigbringt, die stärksten Menschen in die Knie zu zwingen. Kein anderes Gefühl verfügt über eine solche Macht und kein anderes Gefühl kann uns Glück und Leid in diesen Dimensionen gleichermaßen verschaffen. Die Wahrheit ist doch, dass wir ihr gegenüber schlussendlich machtlos sind. Wir Menschen, die wir glauben, alles vermessen und beziffern zu können, die sich einbilden, alles sei kontrollierbar und unserem Willen zu unterwerfen, wir alle sind doch am Ende immer unseren Gefühlen unterworfen. Eine Maske schafft es vielleicht, unsere Mitmenschen zu täuschen, aber wer täuscht uns?

Während mir diese Gedanken durch den Kopf ziehen, lassen meine Tränen plötzlich nach. Ich ziehe mich an den feuchten Steinen des Brunnens hoch und wische mir die Tränen mit meinem Taschentuch aus den Augen. Dieses Stofftuch war ein Geschenk meines Vaters. Es ist tiefrot, selbstverständlich, und hat meine Initialen T.R. an den Rändern eingenäht. Besser fühle ich mich nicht, aber doch in der Lage, meinen Weg nun endlich zurückzufinden.

Eine halbe Stunde später habe ich das Melagrana endlich erreicht. Ich teile einem besorgten Camillo mit, dass ich heute auf das Abendessen verzichte, und begebe mich auf der Stelle in mein Zimmer. Da ich keine Lust mehr habe, mich mit meinen eigenen

Gedanken auch nur eine Sekunde länger zu beschäftigen, greife ich schnell zu einer passenden Abendlektüre. Meine Wahl fällt auf Gabriele D'Annunzios *Notturno* und im schwachen Licht der Schreibtischlampe lasse ich mich langsam in das Venedig eines anderen gleiten. Ich erinnere mich an einen ganz bestimmten Abschnitt aus diesem Buch und ich brauche auch nicht lange, um ihn wiederzufinden.

Mi sembra di essere semivivo. La metà dell'anima è transita, l'altra metà è in via, è curiosa della materia di quaggiù, osserva la macchina della sua tragedia.

Es scheint mir, als wäre ich halblebendig. Die Hälfte der Seele ist passiert, die andere Hälfte auf dem Weg, sie interessiert sich für die Materie von hier unten, beobachtet die Maschinerie ihrer eigenen Tragödie.

Venedig Tag 16

Halb zehn. Normalerweise schlafe ich nicht so lange, aber der gestrige Tag hat mich emotional komplett erschöpft. Gerardos Worte haben meinen Kopf noch immer nicht verlassen und wie ich heute überhaupt mit Anja umgehen kann, ist mir noch ein Rätsel.

Man muss irgendwo anfangen, deshalb entscheide ich mich erst einmal, mich anzuziehen. Ich hoffe, dass es ihr heute schon etwas besser geht, denn wir haben einiges zu diskutieren. Diese ganze Reise war wohl eine einzige große Verzögerung dieses einen Gesprächs, doch wann immer ich an unsere Momente in San Marco oder auf Murano denke, tut mir nichts davon leid. Ich begebe mich langsam zum Lobbybereich, vielleicht ist Anja schon beim Frühstück.

Ich begrüße Camillo beiläufig und will mich schon ins Restaurant begeben, doch seltsamerweise ruft mich Camillo zu sich an die Rezeption. Er wirkt anders als sonst, sein Gesicht ist finster und von seiner üblicherweise so fröhlichen Ausstrahlung ist nichts zu spüren.

»Tito... Wir müssen reden.«

»Camillo, was ist denn nur los?«

Er nimmt tief Luft.

»Anja ist heute Morgen abgereist, Tito.«

Was? Die einzige Reaktion, die ich daraufhin fertigbringe, ist ein dämliches Lächeln, so als ob ich wirklich glauben würde, Camillo hätte sich einen Scherz mit mir erlaubt.

»Sie war heute Morgen sehr früh hier und hat ausgecheckt. Sie hat mich gebeten, es dir zu sagen, sobald du wach wärst, und dir das hier zu geben.«

Unter seinem Tresen holt Camillo ein kleines Paket heraus, begleitet von einem Brief. Vorsichtig öffne ich das Schriftstück, immer noch ohne ganz im Klaren darüber zu sein, was hier gerade passiert. Es ist Anjas Handschrift, ohne Zweifel, und es wirkt, als hätte sie in ziemlicher Hast geschrieben.

Tito,

es tut mir leid. Du von allen Menschen verdienst diese Art von Abschied am wenigsten, aber ich kann keine Sekunde länger mit dir in Venedig bleiben. Als ich mich heute Morgen schon etwas besser fühlte, konnte ich einfach nicht mehr länger warten. In meinem Zimmer habe ich gestern immer wieder an Jacopo gedacht und daran, wie falsch es einfach ist, was ich hier mache. Wir hatten eine herrliche Zeit und ich versichere dir, dass ich nie vergessen werde, was du für mich getan hast. Du bist so ein guter Mensch, wahrscheinlich der beste, den ich kenne, aber das hier mit uns, das kann einfach nicht funktionieren. Da bist du auf der einen Seite, mit all deinen wunderschönen Worten und deinem Einfühlvermögen, deiner Art und Weise, die mich einfach gut fühlen lässt und dann ist da auf der anderen Seite Jacopo, mit dem ich nun schon fast fünf Jahre zusammen bin. Sicher, es war nicht immer einfach, aber fünf Jahre, Tito! Da sind auch so viele schöne Erinnerungen

dabei... Für uns beide ist es wohl das Beste, wenn wir weiter-
gehen und alles, was wir zusammen erlebt haben, in guter Er-
innerung behalten. Ich wünsche dir nichts sehnlicher, als dass
du eines Tages eine Frau kennenlernst, die all deine Vorlieben
mit dir teilt, der du all diese Geschichten erzählen kannst, die
du mir erzählt hast, und mit der du vielleicht eines Tages wie-
der hier in Venedig durch die Gassen ziehen kannst. Vielen
Dank für alles, Tito, ich werde dich nie vergessen.

Anja

Ich starre auf das Blatt Papier in meiner Hand, so als
ob ich dadurch irgendeine andere Antwort als diese
daraus herauslesen könnte. Aber was hier steht, ist
endgültig. Ich falte es zusammen und stecke mir Anjas Brief in meine Westentasche. Ich blicke auf den
Tresen vor mir und greife nach dem Paket, welches
dem Brief beilag. Unter einer Menge braunem Pack-
papier glimmert plötzlich ein mir sehr vertrautes
Dunkelblau auf. Es ist der Parfumflakon, den ich

Anja auf Murano geschenkt hatte. Während ich dieses zerbrechliche blaue Oval in meiner Hand balanciere, blicke ich zu Camillo, dem optimistischen, aber auch einsamen Rezeptionisten des Melagrana. Er wirkt deutlich niedergeschlagener als ich in diesem Moment, aber zu seiner Verteidigung muss man wohl auch sagen, dass ich mein emotionales Trauma bereits gestern hatte.

»Danke, Camillo.«

Er nickt und fragt mich mit fast bebenden Lippen:

»Was wirst du jetzt tun?«

Ich blicke wieder zu dem blauen Flakon in meiner Hand, wiege ihn ein paar Mal auf und ab und weiß dann, dass nur etwas bleibt.

»Ich glaube, es ist an der Zeit, nach Hause zu gehen.«

Hier bin ich also wieder, zurück im Bus. Dieses Mal bin ich alleine und ich beachte die anderen Fahrgäste nicht weiter. Während der Busfahrer den meisten meiner Mitreisenden noch hilft, ihr Gepäck zu verstauen, denke ich über meinen Aufenthalt in Venedig nach. Gerardo hatte Recht, ich habe ein Spiel gespielt, welches ich praktisch nicht gewinnen konnte und bei dem ich von Anfang an im Nachteil war. Es war niemals an mir, Anja zu gewinnen oder sie in irgendeiner Art beeinflussen zu wollen. Die Wahrheit ist, dass, egal wie stark die Gefühle sind, die mich teilweise dominiert haben und die es wohl immer noch tun, es von Anfang an Anjas Entscheidung war.

Wo er aber falsch lag, war mit der Rolle der Gefühle. Ich glaube nicht, dass ich nicht mit Anja zusammengekommen bin, weil ich eine Verbindung gesehen habe, die nicht wirklich da war. Was wir hatten, war besonders und ich bin mir nicht sicher, ob ich etwas Ähnliches noch einmal erleben werde. An einem anderen Ort, zu einer anderen Zeit, unter anderen Umständen wäre unsere Geschichte vielleicht anders verlaufen, aber dies tut nichts zur Sache, es sind Hypothesen.

Camillo hat vielleicht die Realität zu viel ignoriert, aber er hatte definitiv Recht mit der wichtigen Rolle, die er den Gefühlen zuwies. Unsere Gefühle machen uns zu Menschen, die Art und Weise, wie wir anderen gegenüber empfinden, definiert uns und bestimmt unser Handeln. Ich bereue es nicht, dass ich meinen Gefühlen Anja gegenüber nachgegangen bin, denn sie hat ebenfalls Recht: Jede einzelne Erinnerung, die ich mit ihr teile, ist ein Schatz. Zu lieben ist die stärkste und schönste Eigenschaft, die wir Menschen besitzen und deshalb sollte Liebe niemals unterdrückt, sondern stets ausgelebt werden. Ich will Anja genau deswegen auch nicht vergessen, ich kann es gar nicht und will die Gefühle, die sie in mir ausgelöst hat, weiter in mir tragen. Ein Leben geprägt von Lügen und den kleinen Glücksmomenten kommt für mich nicht in Frage. Mir kommt ein Zitat in den Kopf, welches ich vor langer Zeit einmal gelesen habe:

Moi, je veux tout, tout de suite, et que ce soit entier ou alors je refuse!

Ich will alles, jetzt sofort, und zwar vollständig oder ich lehne es ab!

Dieses Zitat ist aus der Tragödie *Antigone* von Jean Anouilh. Ich erinnere mich, dass ich auch mit Anja über dieses Stück gesprochen habe. Ich schrieb damals, glaube ich, einen Artikel für *La Lettera* über das Werk Anouilhs. Anja mochte Antigone, diese kleine Rebellin, diese Heldin der großen, absoluten und damit wahren Gefühle. Ich mochte Antigone auch. Ich glaube sogar, dass ich nach dieser Reise sagen kann, dass ich verliebt bin in Antigone.

In meiner Tasche trage ich neben ihrem Parfumflakon die Feder, die sie mir zum Geburtstag geschenkt hat. Vielleicht sollte ich ihren subtilen Rat befolgen und schreiben? Wenn ich schreiben sollte, dann will ich eine ehrliche Geschichte schreiben.

Eine Geschichte, die der Schönheit dieses Erlebnisses gerecht wird und die Anjas Schönheit gerecht wird. Ich glaube schon, dass diese Geschichte es verdient, für immer festgehalten zu werden. Doch all dies liegt in einer ungewissen Zukunft und soll mich deshalb vorerst nicht weiter beschäftigen. Mein Bus nach Treviso ist inzwischen abgefahren. Durch das Fenster sehe ich Venedig ein letztes Mal und das ist genau gesehen vielleicht auch alles, was von dieser Reise schlussendlich übrigbleibt: ein Blick aus dem Busfenster.

Inhaltsverzeichnis

Mein besonderer Dank gilt meinen Freunden, die mir mit ihren Ratschlägen und Anmerkungen bei der Ausarbeitung des Manuskripts viel geholfen haben:

Amela Bahtijari

Sophie Modert

Steve Peffer

Frank Dumont

Was der Autor noch für erwähnenswert hält

„Tito, das bist doch eigentlich du, oder?"

Diese Frage wurde mir öfters gestellt, während ich noch am Manuskript dieser Novelle gearbeitet und es mit einigen wenigen Personen besprochen habe. Es ist eine Frage, die ich nie besonders mochte. Allein schon deshalb, weil sie oft mit die erste oder, im schlimmsten Fall, sogar die einzige ist, die sehr viele zu beschäftigen scheint.

Ich mag diese Frage nicht, weil ich der Meinung bin, dass sie ganz klar aufzeigt, wie missverstanden Literatur noch immer wird. Krampfhaft scheinen verschiedene Leser die Realität, die ihnen bekannt ist, in fiktionalen belletristischen Werken zu suchen und der Autor erscheint dabei vielen als die zuverlässigste Verbindung.

Welchen Schaden man seiner eigenen Leseerfah-
rung mit einem solchen Verhalten zufügt, ist dabei
den wenigsten bewusst. Denn nicht nur nervt man
mit einer derart rigiden Vereinfachung einen Autor,
der oft über Monate, in manchen Fällen sogar
Jahre, an der Ausarbeitung seiner Erzählung gearbeitet hat. Man schränkt unnötigerweise auch seinen eigenen Blick auf das fertige Werk ein.

Lasst Literatur doch Literatur sein!

Ein wichtiges Merkmal literarischer Texte ist ihre
Fiktionalität. Der Autor schafft einen Raum, in
dem sich der Text ausfaltet und bewegt, in dem
sich die Figuren ausdrücken und entwickeln können. Dieser Raum ist nicht geschenkt. Er ist Teil
des schriftstellerischen Gedankengangs und ihm
sollte das Interesse des Lesers gelten.

Natürlich können literarische Werke auf die uns be-
kannte Realität verweisen. Argumentiert werden

sollte aber immer am und mit dem Text. Schlussendlich ist es doch der Text, der vom Autor geschrieben und vom Publikum gelesen wurde und
deshalb sollten wir ihn auch in das Zentrum unseres Diskurses stellen.

Wenn ich in diesem kurzen Schlusswort so deutlich
werde, dann nicht nur für meinen eigenen Zweck.
Welchen Wert haben denn noch literarische Figuren, wenn man sie auf bloße Abklatsche sogenann-
ter *realer* Vorbilder reduziert? Tun Sie also Tito,
Anja und generell allen literarischen Figuren den
Gefallen und interessieren Sie sich für sie und ihre
Geschichten! Wenn Sie sich für meine interessieren, dann müssen Sie schon das Erscheinen einer
Autobiographie abwarten und für eine solche habe
ich definitiv noch nicht genug Kapitel zusammen...!

T.W.

Tom WEBER wurde 1996 in Luxemburg geboren. Bisher veröffentlichte er vor allem Lyrikbände, u.a. *Mondscheinsonette* im August 2016 und *glaswand* im Februar 2017. Er schreibt außerdem ein literarisches Blog mit dem Namen *just thoughts*. Er studiert Germanistik sowie Neuere und Neueste Geschichte an der Universität Trier.

Tom Weber

glaswand

55 Gedichte

Wassertropfen, die eine Glaswand herunterrinnen, fragile Zeugnisse eines vorübergezogenen Gewitters. So gestaltet sich die Poesie von Tom Weber, deren flüchtig skizzierte Verse nach einem Ausweg aus der in diesem Band allgegenwärtigen Leere schreien. Eine Welt hinter einer Glaswand, die nur mit Worten durchbrochen werden kann, denn wenn alles zerfällt, hat allein das Gedicht noch Bestand.

- Sophie Modert, Lyrikerin und Co-Autorin auf *just thoughts*

Erschienen im Februar 2017 bei Books on Demand